혼자의 가정식

나를 건강히 지키는 집밥 생활 이야기

초판 1쇄 발행 | 2019년 9월 19일
초판 5쇄 발행 | 2022년 6월 15일

지은이 신미경
발행인 한명선

주소 서울시 종로구 평창길 329(우편번호 03003)
문의전화 02-394-1037(편집) 02-394-1047(마케팅)
팩스 02-394-1029
전자우편 offcourse_book@daum.net
인스타그램 instagram.com/offcourse_book
발행처 (주)새움출판사
출판등록 1998년 8월 28일(제10-1633호)

ⓒ 신미경, 2019
ISBN 979-11-89271-87-9 03810

• 잘못된 책은 바꾸어 드립니다.
• 책값은 뒤표지에 있습니다.

나를 건강히 지키는
집밥 생활 이야기

혼자의
가정식

신미경 에세이

느리고
아름다운
집밥 생활

이 음식이 내 몸에 이로울까, 어떤 영향을 미칠까.

입에 넣기 전에 생각한다.

신선한 채소를 사고, 손수 요리해 먹는 집밥이

나를 지탱하는 기본이라 믿는다.

    냉장고에서 블루베리를 꺼낸다. 게으른 일요일 아침에 부산
하게 움직이는 건 나뿐인 듯 온 동네가 고요하다. 요거트와 사
과를 보기 좋게 담고 그 위로 호두, 아몬드, 캐슈너트 견과류 세
종류를 골고루 뿌린다. 구운 귀리 약간도 잊지 않는다. 어제는
종일 비가 내려 따뜻한 수프에 통밀빵을 곁들여 먹었는데 오늘
날씨는 비 온 뒤 상쾌해져서 가벼운 식사가 끌린다. 접시 하나

에 담긴 아침 식사를 들고 소파에 앉아 이웃의 늦잠을 방해하지 않도록 아주 잔잔한 음악을 볼륨 낮춰 켠다. 쫓기지 않는 일요일, 그리고 나른함.

언제부터 아침 식사를 챙겨 먹었는지 끼니마다 내 손으로 모든 식사를 준비했는지 기억하진 못한다. 혼자 살다 보니 시간 부족과 피곤함을 이유로 포장과 배달 음식을 주식으로 삼고 지냈는데, 그 맛에 넌더리가 나면 어쩌다 집밥을 만들어 먹는 정도였다. 텔레비전만 틀면 나오는 '먹방'이 지겹다는 친구 옆에서 나는 가끔 먹는 거 자체가 지겨워서 식사용 알약은 언제 개발되는지 궁금하다 답했을 정도. 식사는 한때 내 생활의 가장 낮은 위치였다. 그런데 외식에 의존하는 끼니는 한계가 분명했다. 지나치게 자극적인 맛과 푸짐한 양 때문에 점점 살이 찌고 속이 나빠졌으며, 식비 지출도 만만치 않았다. 건강하지 못한 식생활을 바꾸고자 여러 시도를 했고, 이제는 집밥이 가장 편안하고 소중한 식사가 되었다. 내게 가장 중요한 식사의 기준은 신선함과 건강. 질 좋은 제철 채소와 과일, 고단백, 발효식품을 식탁에 올린다.

대충 먹고 사는 게 괜찮지 않고, 건강을 챙기는 게 유난이 아님을 확실히 깨닫게 된 건 아프고 나서다. 시골에 뿌리를 두고 있고, 도시에서 자랐지만, 오랫동안 자연식보다 혀를 즐겁게 하는 인스턴트 음식이 맛있었다. 몸에 이롭지 않음을 알지만 지금 당장 아픈 건 아니라서 늘 이번이 마지막이라 생각하며 중독적인 맛을 찾았다. 과소비와 폭식으로 스트레스를 풀고 사회적 성취가 삶의 1순위였던 때 유독 심해졌던 버릇이다. 결국 건강을 잃으면 모든 걸 잃게 된다는 상투적인 말이 내 삶의 일부분이 되고 나서야 마음을 고쳐먹었다. 넘어진 자리에서 일어나 다시 앞으로 나아갈 때 바꾼 식습관은 더하기보다 덜어내며 완성되었다. 맛과 즐거움을 내세운 쾌락주의 식사가 아닌 절제를 하며 더 큰 만족을 느낀다. 느리게 먹기, 설탕 줄이기, 자극적인 맛 피하기와 같은 나만의 식사 규칙을 만들고 지키는 이유다. 자신과의 약속이 있는 사람과 없는 사람의 차이는 어떤 상황에서도 스스로에게 불쾌하지 않을 중간선을 지킬 수 있다는 점이다. 매일 반복되는 일이기에 무심코 지나쳤던 끼니는 더는 망아지처럼 뛰어다녀도 지친 기색 하나 없는 나이가 아닌지라 절실히 다가온다.

이 책에는 여러 도서를 탐독하며 배운 건강법을 실천한 뒤 찾은 내게 맞는 식사법, 장을 봐서 요리하고 자신과 주변의 여러 사람을 추억하는 아주 사적인 일상, 기발한 레시피는 없지만, 곧잘 해 먹는 생활 요리를 작게나마 소개했다. 몸과 마음은 연결되어 있기에 건강한 식사가 결국 마음을 돌본다. 잔잔한 만족감이 일정하게 지속하는 차분한 삶의 시작은 아침에 일어났을 때 몸의 상태가 오락가락하지 않을 때다. 해결하지 못할 문제는 없다는 태도로 지금 할 수 있는 일에 집중하고, 마음을 무겁게 하는 감정이 생겨도 매일 그 크기가 줄어든다는 걸 알게 되는 하루. '먹고 살자고 하는 일인데……' 하면서도 나를 챙기는 일을 미루고 있던 과거의 나와 닮은 사람이 이 책을 통해 자신만의 건강한 식생활에 조금이나마 관심을 두고 약간의 절제를 익혀가며 결국 몸과 마음이 평온해진다면, 그래서 지금 내가 누리는 소소한 즐거움을 조금이나마 나눠줄 수 있다면 나는 안 먹어도 배부를 거 같다.

즐거운 나의 집에서,
신미경

Contents

2

혼자의 부엌

내가 만드는 작은 세상

3

혼자의 가정식

나를 보듬는 요리 일상

4

혼자의 기념일
지금 남은 추억과 앞으로의 기억

5

혼자의 디저트
한 입의 만족, 여러 색깔의 기분

에필로그

1

혼자의 식사법

덜어내며 균형을 찾는 시간

우리에겐 매일
진지한 대화가 필요해

지겹도록 이어지는 매일 같지만 생은 허탈할 정도로 짧을 수 있다. 알고는 있지만 늘 되새기며 살기엔 지나치게 묵직한 생각이라 대부분 잊고 산다. 나도 마찬가지였다. 당연히 주어져야 마땅한 일상이 서서히 깨지고 있다는 걸 눈치채지 못한 채 더 많은 것을 움켜쥐기 위해 살았다. 지금이야 지난 과거라 관망하듯 바라볼 수 있지만, 고작 서른두 살에 수술을 앞두고 당신이 죽을 수도 정상적인 생활을 못할 수도 있다는 온갖 서류에 사인을 할 때는 정말 무서웠다. 무엇이든 읽기 좋아하는 내 눈에 한 글자도 제대로 들어오지 않았던 세상에서 가장 재미없는 글에 서명하면서, 과연 나는 앞으로도 늘 자던 침대에서 일어나 잘 차려입고 가족과 친구들을 만나고, 내가 즐겨 가던 모든 장소에 갈 수 있게 될지 긴 상상을 했다. 그날 이후 두둑한 욕심

보를 붙인 채 예민하고 짜증 많던 나는 수술대 위에서 사라졌다. 정기검진을 다니던 사이에 다시 아플 일은 없었고, 보조 치료로 사용했던 약을 중단했을 만큼 건강은 몰라보게 좋아졌다. 그 이면에는 한번 호되게 아파본 사람들이 으레 그렇듯 건강서를 탐닉하며 앞으로 튼튼한 몸 상태를 설계해나가던 나의 노력이 있다. 비교적 젊은 나이에 건강이 무너져 절망을 느꼈지만, 나는 '절망의 구렁텅이'에서 빠져나와 앞으로 건실한 삶을 꾸릴 수 있는 계기로 만들었다.

내 건강 상태가 엉망진창이 된 원인은 유전병도 아니고 지병도 아닌 모두 내 탓. 잘못된 생활습관이 만든 병을 치료하면서 내가 가장 실수했던 부분이 무엇인지 곱씹어 보니 식생활이 가장 먼저 떠올랐다. 등이 굽을 만큼 야근을 한 뒤 출출하다는 이유로 편의점에서 컵라면과 김밥을 사 먹고 디저트로 초콜릿 아이스크림을 샀다. 풍부한 영양은 기대할 수 없고 첨가물과 높은 칼로리의 간편식으로 대충 먹고 살았는데, 엉망인 식사에 불규칙한 수면이 더해지자 만성피로가 왔다. 주말이면 시야가 흐릿할 만큼 눈이 침침했고, 아침에 바로 일어나기도 힘들었는데 이 모든 게 몸이 구해달라는 신호인 줄은 몰랐다. 치료 후 바닥을 친 건강을 회복하기 위해 욕심을 서서히 내려놓고 몸에 좋은 습관을 만들려 여러 시도를 했다. 그중 지금까지 유지하고 있는 것, 내 몸과 대화하기.

과거의 잘못된 생활습관을 추적하면서 나는 내 몸에 이런 약속을 했다. '입에 넣을 수 있는 건 오직 영양가 넘치는 음식뿐이야. 나머지는 몸이 싫어한다고.' 그렇게 음식을 먹는 기준이 바뀌자 나는 달라졌다. 인스턴트 음식을 끊고 기꺼이 직접 요리를 했는데, 이 모든 변화는 내 몸이 진짜 원하는 게 무엇인지 몸과 이야기를 시작하면서부터다. 몸이 '요즘 해산물과 콩으로만 단백질을 먹었잖아. 이제 소고기가 먹고 싶다고!' 하면 소고기를 먹었다. 어느 날 아이스크림을 손에 쥔 내게 '이 아이스크림을 먹고 싶은 이유에 대해서 140자로 서술해봐.'라고 몸이 이걸 꼭 먹어야 하는 타당한 이유를 들어보라 말하면 '음, 내가 오늘 거래처의 피드백 때문에 화가 났는데 그걸 해소하기 위해서야. 단 걸 먹으면 기분이 좋잖아.'라고 답한다. 그럼 이내 '따뜻한 허브티 한 잔도 너의 기분을 다스리는 데에 아무런 문제가 없어. 너는 지금 위안이 필요할 뿐이야. 이 당 덩어리는 너에게 장기적으로 당뇨를 가져올 테고, 결국 출렁이는 지방이 될 뿐이라고.' 하며 대거리를 한다. 나는 대부분 내 몸이 하는 소리에 순응하며 따랐다.

무엇을 먹을지에 대해 몸과 나누는 대화가 직관적인 식사 Intuitive Eating임을 그때는 알지 못했다. 직관적인 식사는 무엇이 필요한지 잘 알고 있는 몸이 말하는 신호에 따라 적당히 기분 좋을 만큼만 먹는 식사법이다. 칼로리를 계산하지 않고, 무엇이 영양이 있는지 없는지도 철저히 따지고 들지 않는다. 그러나 나는 몸과 영양을 기준으로 대화한다. 얼얼하게 매운 음식처럼 내 몸에 맞지 않은 식사를 차단하고, 울적한 기분을 핑계 삼아 아무거나 먹는 나를 막기도 하면서. 때론 몸이 보내는 신호는 혼란스럽다. 쿠키에 든 영양이 정말 필요해서 자꾸 머릿속에 떠오르는 건지 그저 머리를 많이 굴려 당분 자체가 부족한 건지. 그때는 일단 몸에 더 괜찮은 선택을 한다. 견과류를 조금 먹고, 그래도 부족하면 과일을 먹는다. 그러면 어느새 쿠키 생각은 사라졌다.

자신의 건강을 해치는 걸 아무렇지도 않게 생각할 사람이 몇이나 될까. 나는 흔들릴 때마다 옆에서 잔소리해주는 사람이 없는 혼자라서 나에게 따뜻한 잔소리를 한다. 설탕 음료 대신 물을 마시라고 말해주고, 빠르게 먹고 있는 거 같다고 천천히 먹으라 말한다. 날 위하는 셀프 잔소리는 내가 온갖 인스턴트와 멀어지는 식습관 교정에 큰 역할을 했고, 여전히 활약하고 있다.

미안, 그건 음식이 아닌
물질이야

세련된 포장과 나를 웃게 하는 말장난 따위가 무슨 의미이겠어요?
이 모든 즐거움과 유혹적인 냄새 따위.
지금 당장 기꺼이 버리겠어요.

책 꽂힌 서가와 밭에서 난 푸성귀,
나의 조촐한 식탁

행복은 그토록 가능한 것이었는데,
그토록 가까이 있었는데!

푸시킨의 시로 쓴 소설 『예브게니 오네긴』에서 타티아나가
오열하는 마지막 장면을 패러디를 빌미로 마음대로 써본다. 나

를 뭉클하게 했던 좋은 문학 작품에서 얻은 감동을 첨가물 가득 든 가공식품과 나의 이별에 빗대기엔 다소 엉뚱할지도 모르겠다. 하지만 긴 세월 동안 함께한 '먹을 수 있는 물질'과의 헤어짐은 나의 식食 역사에 길이 남을 사건이다. 몸소 느끼기에 건강 상태가 호전된 건 확실히 그런 가공식품을 먹지 않고서다.

식문화와 관련된 다양한 저서로 이름난 미국 작가 마이클 폴란은 증조할머니가 봤을 때 몰라보는 식품은 먹지 말라고 말했다. 증조할머니 정도는 거슬러 올라가야 곰 모양의 젤리를 음식이 아닌 장난감으로 볼 수 있다는 걸까? 그가 가공식품을 일컬어 음식이 아닌 먹을 수 있는 물질이라고 정의 내린 점은 한 번도 생각해본 적 없는 접근 방식이었기에 신선했다. 액상과당, 나트륨, 인공 향이 가미된 가공식품이 몸에 좋다고 하는 사람은 아무도 없었지만, 음식이 아니라고 말하는 사람은 내게 처음이었다.

잘 손질되어 냉동된 생선 한 마리를 장바구니에 넣는다. 분명 가공을 거치긴 했지만 내 마음속 블랙리스트에 해당하지 않는다. 자연에서 난 그대로 냉동된 식재료엔 첨가물이 없으니까. 감자 칩은 트랜스지방산이 있으니 물질이고, 탄산음료나 과일 주스에 든 액상과당을 피해 언제나처럼 진짜 과일을 산다. 내가 돈을 지불한 모든 식품은 오래전부터 사람들이 먹어왔던 자연

산 또는 자연에 가장 가까운 형태. 저녁 찬거리를 사서 집에 가는 길에 최소 다섯 개의 햄버거 가게 앞을 지난다. 패스트푸드점은 나의 오랜 급식소였지만 지금은 내 마음속 블랙리스트에 올라간 곳. 대학생 때 음식점 미스터리 쇼퍼로 아르바이트를 한적이 있다. 손님으로 위장해 서비스 평가를 하는 일인데, 내가 담당했던 채널은 유명 햄버거 프랜차이즈. 일 자체는 무척 간단하다. 평소 손님으로 갔을 때처럼 주문하고 가이드에 따라 서비스, 표준을 지킨 음식이 제공되었는지 확인하고 양식에 맞춰 보고서를 작성하면 끝. 먹으면서 돈을 버는 일이라니 지구상에서 가질 수 있는 최고의 일 같지만, 지방에 위치한 매장을 한 번에 돌아야 할 때도 있어 하루에 많게는 3~4개까지 햄버거, 콜라, 감자튀김을 먹기도 했다. 덕분에 다큐멘터리 영화 〈슈퍼 사이즈 미Super Size Me〉의 감독이 삼시 세끼 빅맥을 먹고 일주일에 5킬로그램이 늘었다고 했던 결과와 크게 다르지 않은 경험을 했다. 그런데도 간편하고 맛있어서 끊어내기 힘들었다. "(당분, 나트륨, 트랜스지방 3종 세트라 되뇌며) 나는 안 먹을래."라고 초연하게 말할 수 있게 된 건 오래되지 않았다.

건강할 때는 건강에 무심하다. 젊을 때는 평생 아플 일이 없을 거라 생각한다. 돌을 씹어 먹어도 소화할 수 있는 나이라고 칭송받는 시기에는 더욱더 그렇다. 방종한 나는 가지고 있을 때 소중히 지키지 못하고 잃고 나서야 후회하며 그때로 돌아가려 노력한다. 내가 평생 가질 수 있을 거라 믿고, 의심 없이 살다 보면 어리석은 결과가 모퉁이에서 나를 기다리고 있을 때가 있다. 지난 몇 년간 나를 건강하게 만드는 일에 재미를 붙여나가며 내 몸을 망쳤던 나쁜 식습관 몇 가지를 인생에서 잘라냈다. 그중 가공식품을 물질로 바라보는 인식은 나를 많은 면에서 바꿔놓았다. 물론 가공식품은 그 범위가 넓다. 보존 기간과 신선도 때문에 급속 냉동한 형태로 유통되는 자연 그대로의 생선, 파스타 소스와 같은 병조림 식품처럼 내가 요리의 재료로 흔히 사용하는 식품도 가공 과정을 거쳤다. 그래서 만약 모든 가공식품을 먹지 않겠다고 생각하면 도시에 살며 사용할 수 있는 식재료는 극히 제한적이다. 자연인이 되는 삶을 살 수 없으므로 절대 허용할 수 없는 가공식품만 먹지 않기로 정했다. 목숨이 간당간당해질 정도로 굶주린 게 아니라면 절대 입에 넣지 않겠다고 맹세한 건 감자 칩처럼 튀겨서 가공한 대부분 식품에 들어 있는 트랜스지방, 포장지 밖의 원재료나 성분표에 발음도 어려운 화학물질 이름이 가득 적힌 식재료, 물에 액상과당과 향을 첨가해 만든 모양만 과일 주스임이 분명한 제조 음료다. 그런 물질을 사는 데 단돈 10원도 아깝다 생각하며 장바구니에 담지 않은 채 2년이 흘렀다.

이유를 알 수 없었던 컨디션 저조, 어느 날 갑자기 장염에 걸리거나, 가끔 심한 생리통을 겪곤 했는데, 이 모든 증상이 정말 거짓말같이 사라졌다고 말한다면 나는 글로서 약을 팔고 있는 건지도 모른다. 나는 과학자가 아니고 나밖에 임상 실험할 대상이 없으니 당연히 모두에게 적용되는 일이라 보긴 어렵다. 어떤 사람은 거듭된 연구 끝에 가공식품은 최고의 맛만 남긴 것이라 했지만, 나는 사람의 입맛을 중독시켜 재구매를 목표로 만들어진 실험실에서 탄생한 물질이 내 몸을 망친 주범이라 생각해 잘라낼 수밖에 없었다.

문득 이런 생각이 든다. 이제까지 살면서 이건 아니다, 불편하다 느꼈지만 지금 당장은 괜찮아서 미루고 있었던 일들. 분명 그게 문제라고 추측하지만, 적극적으로 바꿔보려 하지 않았던 상황. 계속 찝찝한 상태로 내버려둘 바에야 아주 사소한 부분을 당장 실천하면 조금씩 바꿔나갈 수 있고 결국 상쾌해질 문제가 아니었을까? 입버릇처럼 '운동해야 하는데' 말하지 않고, 오늘 10분이라도 걷자 마음먹고 실천하는 편이 정신건강에 이롭다. 그래서 인스턴트식품을 끊어내던 중에도 '몸에 안 좋은 걸 알지만 그래도 못 먹어서 아쉽다'가 아닌 신선한 자연 재료로 새로운 요리를 시도해 밥상을 차리며 달라진 나를 칭찬한다. 후회할 시간을 아껴 몸을 움직인다. 바꿀 수 없을 거라고 생각했던 나쁜 버릇을 없애고 나면 그곳에 이전에 보지 못했던 다른 길이 나타난다. 잘 포장된 물질이 사라지자 이제껏 게으름에 외면했던 일상 요리의 세계에 도착했다.

1인분의
요리 일상

나를 얽매고 있던 일에서 벗어난 상징적 의식, 체중계 없애기. 더는 내가 지구를 얼마의 무게로 누르고 살아가는지 알고 싶지 않다. 몸무게보다 몸의 컨디션이 더 중요해지자 체중에 대한 집착을 내려놓는다. 거울 속 나의 표정이 홀가분하다. 먹는 일이 죄책감이 되지 않도록 살기, 나는 그렇게 다짐하곤 지금 몸 상태에 만족하며 살아간다. 건강한 집밥을 만들어 먹으며 매일 귀중한 몸에 이로운 식량을 허락한 삶에 감사를 표할 수 있게 되면서다. 끼니는 대충 때우는 게 아니라 나를 만드는 가장 기본적인 것, 지켜야 할 만큼 소중한 것, 드디어 자신을 존중하는 시간임을 알게 된다.

부엌에선 내가 총괄책임자이자 셰프다. 내가 부엌에서 만들어낸 따뜻한 음식은 소문난 맛집도 미묘하게 만족시키지 못했던 나의 입맛을 거의 완벽에 가깝게 만족시켜주곤 한다. 유기농 식재료를 아낌없이 쓰고, 짜고 맵고 달고 극단적인 맛을 싫어하는 나에게 알맞은 조금 심심한 간을 해서다. 무엇으로 만들어졌는지 알고 먹으면 그 기쁨의 근원이 어디에 있는지 알고 누리는 일이라서 더 좋고. 그래서 요리하는 내 모습이 참 자연스럽다. 덜 큰 '어른이'가 아니라 온전히 혼자의 삶을 책임질 수 있는 어른으로 보일 만큼 충분히. 스스로 먹을 만한 음식을 만들어내는 요리는 누군가에게 먹이를 바라는 모습과 다르다. 얼렁뚱땅 요리하기도 하고 욕심을 내서 더 멋진 요리를 만들고 싶기도 하지만 나만 즐겁다면 어느 쪽이라도 상관없으니 기분 내키는 대로 오늘의 끼니를 만든다.

요리란 처음엔 잘 모르고 서투르니까 태워도 봤고, 맛이 이상하기도 했고, "시간을 이렇게나 잡아먹는데" 하면서 "나의 욕구 5단계, 자아실현에 더 집중할래!"라고 외치며 중도 포기하기도 했다. 그런데 길지 않은 방황 끝에 다시 집밥 생활로 돌아왔다. 최소의 시간을 들이지만 그래서 더 건강한 레시피, 집에 있는 비슷한 면티 한 장 안 사고 아낀 돈으로 산 좋은 식재료와 반찬 가게와의 협업, 냉장고를 쾌적한 상태로 운영할 수 있는 전략을 세우기도 했다. 살아가면서 불만이 전혀 없을 순 없겠지만, 적어도 식사만큼은 확실히 내가 원하는 대로 할 수 있다니

얼마나 자유로운지 모른다.

행복은 소소하게 계속 느끼는 거라지만, 그중에서도 내가 가장 행복한 표정을 지을 때를 안다. 조금 음산하게 비가 내리는 날. 필요한 물건만 남긴 공간의 가장 포근한 부엌에 서 있다. 나는 스산한 날씨에 어울리는 따뜻한 국물 요리를 만들 참이다. 국그릇에 한 번 먹을 정도의 물 양을 채운 다음 아주 작은 냄비에 붓고 시골 장터에서 사 온 건새우를 한 움큼 넣는다. 그 다음에 물이 끓으면 썰어 놓은 양파, 표고버섯을 넣어 끓인다. 조금 더 끓었다 싶으면 소금 간을 살짝 하고, 마지막에 들깻가루 4큰술을 넣어 잘 섞어준 다음 불을 끈다. 빠르게 완성한 들깨 표고 버섯국은 느끼한 뒷맛이 없어 마지막 국물까지 모조리 마시고 싶을 만큼 좋다.

부엌은 부지런함을 배우고, 또 계속 단련하는 곳. 능동적으로 활기차게 살아가는 삶이 무엇인지도 알게 된다. 그래서 아마 죽는 그날까지도 나는 나의 작은 부엌에서 쉼 없이 움직일 거다. 어떤 날은 일에 너무 지쳐 신경 써서 건강하게 만들었다는 반조리 식품을 데워서 먹는 한이 있더라도 밥은 즉석밥 말고 집에서 갓 지은 뜨끈한 밥을, 넉넉하게 곁들인 신선한 채소도 잊지 않는다. 바쁘다고 끼니를 소홀히 하지 않고 조금의 온기와 정성을 더해 차린 나를 위한 밥상은 자신을 소중하게 보살펴주는 마음이 느껴지는 배려. 하루 동안 고생한 나에게 가장 필요한 따뜻함. 그러니 자신에게 말로만 수고했다 하지 않고 그런 응원을 느낄 수 있는 행동 하나를 더하는 하루가 되길.

어쩌다 보니
다이어트

홀리데이 케이크 위에 얹혀 있는 딸기로 만든 산타가 나를 쳐다본다. 정확히는 내가 바라보고 있다. 아마 누군가 내 눈빛을 슬쩍 보았더라면 그 속에 깃든 망설임과 설렘을 읽었겠지. 여름부터 크리스마스 연휴 때까지 간식과 디저트를 먹어본 기억이 손에 꼽을 정도였고, 나는 당 중독에서 벗어나기 위해 '금당' 중이었다. 애연가들이 마음을 다잡고 건강해지겠다고 금연하는 기분과 유사했으리라.

어깨선과 쇄골이 드러나고, 팔을 들어 올리면 갈비뼈의 형태가 도드라졌다. 금당 이후 내 몸에 있는 줄도 모르고 지냈던 뼈들을 마주한다. 가공식품과 설탕, 나의 건강을 망가트렸던 주범이라 여긴 두 가지를 먹지 않거나 절제하던 중에 살이 많이 빠졌다. 몸 곳곳에 붙어 있던 군살이 사라지자 내가 늘 꿈꿨던 가벼운 몸도 바라지 못할 게 아니었다. 내게 가벼운 몸이란 단순히 체중 몇 킬로그램의 문제가 아닌 몸에 부기나 피로 없이 물먹은 솜처럼 몸이 무겁지 않은 상태, 불쾌할 정도로 많이 먹어서 혈당치가 올라가 졸리거나 몸 운신조차 귀찮은 지경에 이르지 않는 일이다. 건강 교과서대로 살다 보니 몸이 정말 가벼워진다. 그렇게 다이어트를 한 셈이다.

밥이나 빵, 면, 설탕 혹은 술 같은 탄수화물이 모든 군살의 원재료였다는 점을 알게 된 후 탄수화물을 전혀 먹지 않을까 싶었는데, '유지어터'인 직장 동료가 탄수화물을 먹지 않으면 바보가 된다는 말에 극단적인 선택은 하지 않았다. 대신 주식은 흰 쌀밥을 먹는 횟수를 줄이고 식이섬유가 살아 있는 현미나 각종 잡곡을 섞어 밥을 해 먹는다. 하얀 밀가루는 정제 과정을 거쳐 몸에 흡수가 잘 되어 급격히 혈당을 올리고 중독성 물질로 변한다는 정보에, 전혀 먹지 않기란 어려우니 활동량 많은 아침 혹은 점심 식사로 먹겠다는 규칙을 정한다. 달콤한 음식에 약한 내게 가장 큰 문제는 설탕이었다. 단맛의 범위는 워낙 넓어서 먹지 말아야 할 리스트를 만들 수도 없다. 설탕을 완벽히 인생에서 몰아내는 건 어렵고 내겐 큰 즐거움 중 하나라서 더욱더 어려운 결정. 그래서 딱 하나만 지키기로 했다. 설탕이 들어간 음료는 가급적 마시지 말자고. 탄산음료나 밀크셰이크, 핫초

코, 라떼 등 대부분의 음료였다. 내가 마시는 건 물, 탄산수, 순수한 차 종류다. 대신 당분은 주로 과일로 섭취한다. 여기에도 내가 정한 규칙 하나. 몸의 당 흡수를 늦추기 위해 과일 그 자체를 통째로 먹는다. 생과일을 즙을 내거나 믹서로 갈면 식이섬유가 몽땅 분해되어 몸에 흡수가 잘되는 달콤한 액체가 된다는 건강 기사의 조언을 따른 결정이었다.

'안 먹어요' 리스트가 늘수록 꽤 피곤할 거 같지만, '목마르면 물을 마시자'처럼 단순하게 생각하니 하나의 음료 취향이 된다. 과거에 질릴 만큼 많이 먹고 살아봤기에 궁금하지 않은 단맛 음료에는 엄격한 규칙이 있지만, 가끔 설탕이 든 구움과자가 먹고 싶을 때는 까다롭게 굴지 않는다. 과자는 적게 맛보는 대신 몸이 가뿐하지 않다 느끼면 몇 주간 혹은 몇 달간 먹지 않는 식으로 다시 금당 기간을 갖는다.

감정이 넘쳐흘러도
괜찮은 식사

그날따라 나는 무척 이상했다. 배가 고픈 게 아닌데 자꾸 기름진 음식이 머릿속을 맴돌았고, 그동안 불굴의 의지로 피하고 살았던 음식들이 자꾸 먹고 싶었다. 의지로 참아도 보고, '저녁을 좀더 기름진 걸 먹자' 하고 나를 달래보지만, 이미 입맛이 돌대로 돌아서 더 참다가는 눈물까지 흘릴 거 같았다. 나에게 그날이 찾아온 것이다. 평소와 달리 고칼로리 고지방식이 먹고 싶어진다면 지방을 비축해두려는 호르몬의 요청임을 알아야 한다. 여자의 몸은 매월 아기가 생길지도 모른다며 꼼꼼하게 준비한다. 두뇌와의 회의를 거쳐 이번 달, 다음 달, 아니 올해⋯⋯ 아기가 생기기 전까지 자궁이 휴업 상태에 들어갈 일은 없다. 물론 휴업 상태가 오면 덜컥 겁이 날 일이지만. 그렇게 매달 성실하게 에너지를 모으며 준비하니 평소보다 더 먹고 싶고, 몸이

부어오르고, 외로움의 감정이 생긴다. 언젠가 심각한 PMS(월경
전증후군, pre-menstrual-syndrome)를 겪으며 작은 사이즈 피자 한 판
을 거의 다 먹고 웅크려 있다가 괜히 울적해져 눈물이 났던 적
이 있다. 그 당시 삶은 언제나 그렇듯이 해결 가능한 문제들만
있었는데, 삶이 몽땅 어그러진 듯 침체한 기분에 허우적거렸다.
피자로도 모자라 온갖 간식까지 꺼내 먹고 곧잘 비참해지던 때
였다.

　　고열량 유첨가 음식에서 자유로워진 뒤 가짜 식욕을 다루
는 방법이 생겼다. 몸이 원하는 건 지방이고, 감정이 원하는 건
불량식품이란 걸 알게 된 나는 엑스트라 버진 올리브유, 버터같
이 좋은 지방을 먹기로 한다. 기름진 게 먹고 싶은데 요리할 의
욕이 전혀 생기지 않으면 달걀 프라이를 버터 얹은 흰밥에 올리
고, 간장 조금 뿌려서 먹는다. 먹어도 또 먹고 싶다면, 이미 충
분히 먹었다고 내게 말하고 감정을 돌본다. 결핍된 마음을 달래
듯 향을 음미하며 녹차를 한 잔 마시고, 복잡한 머릿속을 단순
하게 만들기 위해 누워서 책을 읽으며 다른 세상으로 마음을
돌려본다. 이런 날엔 유쾌한 책이 좋을 듯하지만, 웃음이 바닥
난 까닭에 하나도 웃기지 않아서 문제. 더 냉소적으로 되지 않
도록 차라리 나보다 더 어두운 타인의 감정선을 따라가다 깊게
침착되어버리는 편이 나았다. 페르난도 페소아의 『불안의 책』
같은. 물론 읽다가 덮어버리기도 한다.

우울할 때 억지로 웃고 싶지 않고, 힘내고 싶지 않다. 누구와도 연락하고 싶지 않다. 나를 내버려두라는 말은 나 자신에게도 해당하는 말이다. 그 감정이 녹아버릴 때까지 나는 웅크리고 또 웅크리며 자연스럽게 흘러가기를 바라곤 했다. 그저 기다려주는 일이 필요할 뿐. 이럴 때 기분 전환한다고 불필요한 쇼핑을 하거나 잠깐 여행을 떠나면 더 큰 우울함이 찾아왔다. 정말 내가 원했던 일이 아닌 감정이 충동적으로 저지른 일이라서. 조금 더 자라니 그런 방법 말고 우울함을 그저 흘려보내는 법이 있었다. 아무 이유 없이 우울한 까닭은 언제나 호르몬 탓이니까. 물론 이유가 있을지도 모른다. 이를테면 '언제까지 일의 노예처럼 살아야 하는 거야, 그 사람은 어제 나한테 왜 그런 말을 했지? 인류의 미래는 어떻게 되는 거지……' 앞으로 살아가는 데 전혀 도움이 되지 않는 생각, 내일이면 모두 흐지부지 사라질 어린아이 투정에 가까운 감정, 내 힘만으로 해결할 수 없는 고민도 우울의 이유가 될 수 있을지 모른다. 나에게 남은 일말의 이성이 그 모든 걸 알고 있다고 생각하지만, 그날은 감정이 이긴 날. 정말 심하게 우울할 땐 기어코 눈물을 짜내고야 만다. 충분히 울고 나서 '내가 미쳤었군, 갑자기 왜 그랬지?' 하며 보통의 리듬을 찾는다. 호르몬, 나를 지배하는 정말 대단한 존재다.

그런데 나는 언제 마지막으로 그토록 심한 PMS를 겪었는지 기억하지 못한다. 확실히 지난 2년 동안은 없었다. 이 모든 걸 식습관을 바꾼 덕분이라 여긴다. 새로 생겨난 몸의 세포들을 만든 게 모두 순하디 순해서 합성첨가물이 극히 적어서 그런 거라고. 그날이 오면 땅을 파다 못해 지구 내핵까지 파고들 듯 우울했던 나의 모습은 이제 추억 속에서만 찾을 수 있다. 아니면 내가 정신적으로 더 성숙해졌다는 증거일지도 모르고. 주변 사람과 환경에 휘둘리다 못해 내가 통제할 수 있다고 믿었던 감정까지 나를 흔드는 날. 몸이 정말 원하는 게 무엇인지 잘 헤아려본다. 그리고 평소보다 더 좋은 음식을 먹여주고 싶다. 앞으로는 기름진 무언가를 먹고 싶어 하는 날이 오면 나를 위해 달걀 프라이나 새우튀김보다 더 근사한 걸 찾아낼 거다.

우아한
나의 식탁

　오랜만에 만난 기혼 친구가 여전히 미혼인 내게 결혼할 수 있는 방법에 대해 말했다.

　"결혼하고 싶다면, 정말 네가 싫어해서 못 견딜 거 하나만 안 하는 사람이랑 해야 해. 이상형이란 건 신기루야."

　대충 이런 말이었는데, 상대에게 원하는 걸 줄줄이 읊는 게 아니라 나란 사람이 어떤 성향을 가졌는지 먼저 파악해야 한다는 의미였다. 타인의 행동 중 내가 정말 용납할 수 없는 한 가지란 과연 무엇이란 말인가. 누구나 유독 못 견뎌 하는 불쾌한 지점이 있다. 물컵을 바로 씻어 두지 않고 그대로 올려 두는 아주 사소한 부분도 사람마다 포용하는 정도가 다르다. 결이 비슷한 사람을 만난다 해도 결국 다른 사람이라 균열이 생길 수밖에 없다. 이런 조언을 들을 때면 미지의 상대방에게 거는 기대보다 오히려 나를 유심히 들여다보는 시간을 갖게 된다.

　나는 좋게 포장해 실용주의, 모든 선택의 기준이 가성비가 전부라 믿는 삶은 원하지 않는다. 고단할 때도 아름다운 순간을 즐기고 여유로운 식사의 즐거움을 아는 사람으로 살고 싶다. 질 낮은 음식으로 대충 먹는 식사를 원하지 않는다. 집에서 독립한 지 얼마 되지 않아 혼자의 삶을 꾸리기에 정말 미숙했던 시절, 나에게 배고픔이란 귀찮기만 했고 참다가 어쩔 수 없을 때 금방 배를 채울 수 있는 음식을 사서 입에 넣는 일에 불과했다. 그렇지만 나는 사 먹는 음식이어도 제대로 그릇에 담아 먹었다. 요리하는 지금은 신경 써서 볕이 잘 드는 자리, 낡았지만 깨끗한 접시, 반짝이는 포크가 어우러진 식사를 한다. 나 혼자 먹는 식사에서조차 가장 좋은 걸 선택해 결코 나를 홀대하지 않겠다는 생활 방식. 편안함이 지나치면 자신도 모르는 사이에 나는 그 정도 대접으로도 충분한 사람이 되어버리기에 신경을 쓴다. 한두 가지 꽃을 꽂은 화병, 식사 때 쓰는 종이 냅킨을 따로 구비해 두고, 음식물을 흘리면 금방 더러워져 세탁해야 하는 리넨을 테이블에 덮어씌운다. 일상의 작은 부분이지만 내 눈과 머릿속에 아름다운 장면을 남기고 싶다. 그래서 밥상을 차릴 때조차 식기가 조화롭게 어울리는지 살펴보는 등 작게나마 보기에 좋은지 신경 쓴다. 음식을 먹는다는 일상적인 행위에 소소한 심미안을 더하면 정신적 만족이 따라온다.

나의 일상식은 소박하지만, 잘 들여다보면 조금의 정성을 늘 더하고 있다. 어설퍼도 나를 기분 좋게 만들어주는 그런 사소함. 완성된 파스타에 살짝 뿌리는 파슬리 플레이크, 썰어낸 김치에 뿌려주는 깨 약간, 디저트로 과일을 예쁘게 잘라서 접시에 담아내고, 도시락을 쌀 때면 색감이 파릇한 브로콜리 두 개 정도를 넣어 식욕을 돋운다. 이런 자잘한 기쁨의 총량이 그토록 내가 바랐던 행복한 삶이란 걸 알아챘다. 영혼의 배를 부르게 할 준비물은 하얀색 리넨 식탁보, 냅킨, 꽃병 정도. 그리고 혼자 먹어도 매너를 잊지 않는 식사 시간. 그러다 보면 지켜보는 사람이 없어도 자신에게 부끄러운 행동은 자제하는, 품고 있는 격이 높은 사람이 되는 길이 요원치 않아 보인다.

내일보다
오늘 더 건강하게

언젠가부터 사람들이 하는 말을 곧이곧대로 믿지 않게 되었다. 그 사람이 하는 말보다 어떤 행동을 하는지 관찰하는 편이 그 사람의 진짜 속내를 파악하기 쉬웠기 때문이다. 사랑한다와 사랑을 느끼게 해주는 것은 다르다는 말처럼 언제 밥 한번 먹자고 말만 하는 사람과 바로 약속을 잡고 실행하는 사람 중 누가 정말 나를 만나고 싶어 하는 사람일까. 그래서 "오래 살아서 뭐 해, 빨리 죽고 싶다."고 입버릇처럼 말하는 사람이 밥을 잘 먹고 파우치 가득 종류별로 들어 있는 영양제를 챙겨 먹을 때면 그저 푸념으로만 들린다. 오히려 자신은 괜찮다고 말하면서 수시로 밥을 굶는 사람이 우려된다. 혹시 마음병에 걸렸나, 무슨 일이 있나 싶어서.

이제 나는 건강 염려증을 앓지 않는다. 오히려 언제든 다시 아플 수 있다고 생각한다. 건강하게 살겠노라 다짐하지 않는다. 그저 규칙적으로 자고 일어나며 요가와 걷기가 일상이 되고, 매일 신선한 재료로 요리해 끼니를 챙긴다. 그런 나날들이 숨 쉬듯 자연스럽게 반복되면 어느새 유별난 건강법 없이도 무탈하다.

모두 건강하게 나이 들고 싶어 한다. 내게도 한때 모든 관심을 쏟아 열중했을 만큼 가장 간절히 바란 일이기도 하다. 하지만 내 몸이 가장 편안하게 받아들이는 방식대로 운동하고 먹는 습관을 바꾼 뒤로 건강 강박에서 벗어나게 되었다. 흥미로운 건강법에 귀를 솔깃할 때도 있지만 대부분 내 생활에 들일 일은 없었다. 한때 열렬히 시청했던 각종 건강 프로그램에서 소개된 몸에 좋은 음식을 끼니때마다 올리지도, 이름도 독특한 여러 약초가 들어간 즙을 장기간 복용하는 데에도 흥미 없다. 약식동원藥食同源이라는 말이 있다. 약과 음식은 근원이 같으므로 좋은 음식이 몸에 약이 된다는 견해다. 녹황색 채소에는 어떤 비타민이 풍부하고 블루베리에는 안토시아닌이 들어 있다는 것과 같이 식품을 설명할 때는 마치 약을 파는 이야기를 부지기수로 들을 수 있는데, 그 말인즉슨 사람에 따라 과다섭취하면 부작용이 생길 수 있다는 말. 몸에 좋다는 특정 식물 농축액이나 즙 등을 장기간 복용해 간 수치가 올라갔다, 신장이 안 좋아졌다는 사람들이 심심치 않게 보이는 점도 그 때문이다. 우리 몸은 각자 타고난 유전자도 환경도 다르니 누군가에겐 효과 좋은 건강법이 내게도 그러리라는 보장은 없다.

나는 건강해졌고, 앞으로도 지금처럼 규칙적인 생활과 끼니마다 건강한 음식을 잘 챙겨 먹는 편이 최고의 건강 관리법이라 믿고 이대로 계속 살아갈 거다. 그래서 컨디션이 별로일 때는 잠은 잘 잤는지 밥은 잘 먹었는지 화장실은 잘 갔는지를 체크하고 개선하는 쪽으로 내 몸을 돌본다. 정말 몸이 안 좋으면 의사에게 치료를 받으면 되고. 귀가 솔깃해지는 특이한 방법이나 요령껏 할 수 있는 쉬운 길을 찾기보다 교과서적인 방법을 그저 묵묵히 실천한다. 지키기 어려울 때도 있겠지만 방법에 대한 별다른 고민 없이 몸에 익숙한 규칙대로 그렇게 또 하루를 살고 싶다.

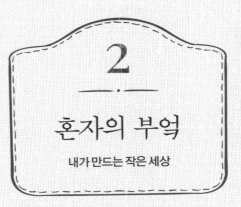

혼자의 부엌

내가 만드는 작은 세상

장바구니
리스트

"정말 대단하다, 어떻게 매일 집에서 요리해?"

회사에 도시락까지 싸서 다니자 삼시 세끼 모두 내가 만든 가정식을 먹는 셈이니 부지런하다며 엄지 척 치켜세워주는 사람들. 칭찬에 잠시 으쓱하다가도 직장에 다니면서 요리를 매일 하는 건 절대 할 수 없다고 생각했던 순간을 떠올린다. 주말 정도는 할 수 있지만, 평일에는 절대 불가능하다 여겼다. 요리하려면 우선 식단이란 계획이 필요하고, 레시피가 있어야 한다. 그다음 장을 봐야 하며, 장 본 재료들을 냉장고에 정리하고 매일 적절히 재료를 분배해 요리하고, 설거지와 음식물 쓰레기라는 뒷정리까지 감당해야 하는, 도통 단순해질 수 없는 과정. 가끔 무얼 얻고자 이토록 수고스럽게 살아야 하나 싶다가도, 잊지 않는다. 건강에 투자하는 사람이 일류다. 내 몸의 컨디션이 이렇게 좋아졌는데 귀찮다고 이대로 요리를 포기할 수 없다. 단지 직장인에겐 갑작스러운 야근이 집밥을 위협하는 변수라는 점.

혼자서도 지속가능한 요리 생활을 위한 가이드

- 저녁 재료 미리 손질해두기 : 아침에 반드시 잡곡을 물에 불려놓고, 퇴근 후 전기밥솥의 취사만 누르면 되는 상태로 준비.
- 요리 및 설거지 시간 절약 : 평일에는 냄비 또는 프라이팬 하나만 쓰기.
- 시간 오래 걸리는 조림은 주말에 : 평일 메인 메뉴 선택은 10분 안에 만들 수 있는 레시피만.
- 골고루 장보기 : 즐겨 사는 식료품 리스트 만들어두기.

가장 중요한 건 장보기다. 주로 먹는 필수 식재료는 집에 늘 떨어지지 않게 채워둔다. 주식인 잡곡, 호밀이나 통밀로 만든 식사 빵, 달걀, 치즈 그 외에 내가 특별히 중요하게 생각하는 아침 식사를 위한 요거트, 견과류다. 일단 이 재료들이 기본으로 갖춰져 있어야 식사를 준비할 수 있다. 여기에 양파, 파, 마늘과 같은 기본 채소와 제철 채소, 과일 역시 필요해서 떨어지지 않게 장을 본다. 이 모든 걸 빠트리지 않고 살 수 있는 까닭은 식단과 함께 정리해둔 장바구니 리스트 때문. 한 달에 정해진 식비 예산에 맞춰 평소 즐겨 사는 품목과 수량을 정해둔다. 장바구니 리스트를 확인하며 물건을 사니 충동구매를 막고, 먹고 싶은 거 위주로 골라 담는 장보기 역시 피할 수 있다. 나는 장을 볼 때 그렇게 좋아하지 않는 식재료일지언정 지난주와는 다른 종류를 사는 편이다. 모든 식재료에는 우리가 아직 모르는 미지의 영양소들이 있을 테고, 이 모든 영양이 서로 조화를 이루며 우리를 튼튼하게 만들어줄 거라 믿는다. 해산물은 고등어나 연어 같은 생선부터 조개, 새우 같은 갑각류를 돌아가며 사서 한 종류만 계속 먹지 않도록 신경 쓴다. 해조류라면 김만 먹는 게 아니라 미역, 생다시마, 톳 이렇게 차례로 산다. 신선한 채소도 일주일은 한식에 어울리는 상추나 깻잎 같은 쌈 채소를 먹었다면, 다음 주는 루꼴라 같은 서양식 샐러드 채소를 먹는다.

식단을 짤 때 고심하는 건 골고루 먹기. 예컨대 단백질 섭취는 생선과 두부, 달걀과 낫토처럼 성질이 다른 재료 두 종류를 섞어 식탁 위에 올리려 한다. 그리고 남김없이 식재료를 사용하는 계획이 중요하다. 두부 한 모를 반은 국 끓이고 반은 부침을 만들어 도시락 반찬을 만들듯 식재료 낭비 없이 꼬리에 꼬리를 물고 일주일치 식단을 완성한다. 식단은 어디까지나 참고만 하면서 오늘의 입맛에 따라 바꿀 수도 있다는 융통성을 갖고 요리한다. 대신 사둔 식재료를 버리지 않으려고 어떤 형태로든 모두 먹은 다음에 장을 보자는 원칙은 반드시 지킨다.

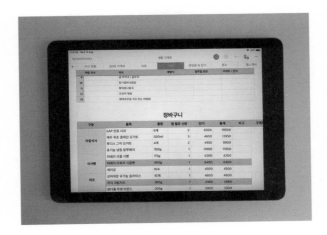

리스트 생활 관리법

식단과 함께 자주 사는 식료품을 표로 정리하고 있다. 잡힌 예산 내에서 다른 품목을 사기도 하고 더 괜찮은 재료를 발견하면 표를 수정한다. 회색으로 마킹한 품목은 재구매를 고려해보라는 나와의 커뮤니케이션 방법.

소포장과
게으름 사이

'단순한 기쁨, 심플 조이Simple Joy.'

미니멀리스트로서 내가 문득 벅차오르고 희열을 느끼는 순간을 곱씹어보면 단순함을 즐기고 있을 때다. 반질반질 잘 닦인 나무로 만든 바닥재를 디딜 때처럼 청결하고 단정한 공간에서 또 의식적으로 적게 먹으려는 중에 달콤한 디저트가 가지런한 모양새로 작은 접시에 한두 개 놓여 있을 때의 눈의 만족감, 음미하면서 천천히 먹는 일에서도 느끼는 기쁨이다. 심플 조이는 장을 볼 때도 어김없이 등장한다. 한 번 먹기 좋은 크기로 포장된 포션 치즈, 스콘에 잼을 발라 먹고 싶을 때 앙증맞은 유리병에 담긴 포션 잼을 사는 건 낭비를 없앤다. 작은 식료품은 눈으로 볼 때 귀엽고 조금씩 즐기면서 먹게 해 과한 영양을 몸에 욱여넣지 않게 돕는다. 그런데 채소처럼 요리 생활의 기본 중의 기본이 되는 식료품 쇼핑은 접근 방식이 다르다.

날것 그대로의 대파는 포장된 대파보다 저렴하지만 많은 양의 채소를 저렴하게 사면 다듬고 정리하는 수고는 온통 내 몫이다. 혼자 사는 사람이 늘고 있다는 기사를 접하는 빈도수가 많아질수록 편리하게 바로 사용할 수 있는 소포장 제품을 슈퍼마켓 등에서 쉽게 발견하곤 했다. 일과 살림 모두 혼자 도맡아 하고 있기에 나도 막 캔 채소를 다듬는 일만큼은 피하고 싶지만, 완전히 손질된 채소는 신선도가 좋지 않고 보관 기간도 짧으므로 적당히 흙은 덜 묻어 있고, 껍질은 붙어 있는 채소를 장바구니에 담는다. 그리고 가격이 더 비싸도 버리는 채소가 없도록 적은 양으로 포장된 채소를 산다.

그런 내게 커다란 변수가 생겼다. 집에서 늘 요리한다는 걸 드디어 믿게 된 엄마가 시골에서 재배한 각종 채소에 서울보다 시골 채소와 해산물이 맛있다는 이유로 장까지 추가로 봐서 택배로 보내주시기 시작한 것이다. 예전에는 엄마에게 받는 모든 채소와 반찬을 거부했었다. 엄마가 힘드실까 봐도 있었지만, 대가족 살림이 기본인 엄마의 '조금'과 혼자 살림이 기본인 내겐 그 양의 기준이 무척 달랐다. 애호박은 두 개 정도면 된다고 분명 말했지만, 족히 다섯 배는 넘는 양이 택배로 온다. 조금만 보냈다는 엄마 말을 믿었건만, 도착한 택배 상자 안에 묵직하고 빈틈없이 들어 있는 채소들이 나를 바라본다. '아니야, 이건 조금이 아니야'라고 중얼거리며 언제 어떻게 다 먹을지 고민하고, 이웃과 단절된 도시 사람으로 살고 있는지라 주변에 나눠 먹을 사람도 없다며 아쉬워한다. '호박 나눠 먹자고 지하철 타고 한 시간 걸리는 회사에 들고 간다? 음, 만원 지하철을 타고?' 도량형이 통일된 지금도 서로가 생각하는 조금이라는 기준이 이토록 다르다. 그러니 나와 비슷하게 생각할 거란 기대를 애초에 하지 않지만, 어떤 관계를 오래 지속하기 위해선 상대의 의중을 헤아려 일정 부분 맞춰야 하는 법. 엄마의 사랑이 담긴 데다 살림에 보탬이 되는 채소 택배라면 기꺼이 그 양을 감수할 수 있고말고.

엄마가 보내준 엄청난 채소와 씨름하는 토요일 오전 부엌은 참 분주하다. 버리지 않기 위해 어떻게든 채소의 보존 기간을 늘려야 하는데 방법은 두 가지뿐. 밑반찬을 만들거나 한 번 해먹을 정도로 손질해 얼려 두거나. 하지만 저장할 수 있는 밑반찬 대신 늘 데쳐서 얼리는 방법을 택한다. 배추겉절이를 만드는 법을 인터넷 검색으로 찾아보니 생각보다 여러 양념이 필요했다. 그래서 채소를 얼려 두고 무조건 국으로 끓여 먹어야겠다 계획했는데, 내가 냉장고 정리 후기를 블로그에 올렸을 때 어떤 고마운 분이 댓글로 시금치 데쳐서 얼려 둔 걸 바로 해동해 나물로 무쳐 먹는 법을 알려주었다. 그때 나의 짧은 생각은 냉동시킨 후에 무조건 따뜻한 물에 들어가야만 채소를 먹을 수 있는 줄 알았다. 하지만 식사 빵도 떡도 채소도 말랑말랑한 상태로 냉동시킨 후에 해동시키면 냉동실 들어가기 전 상태에 가깝게 돌아왔다. 얼려 놓은 나물을 상온에 해동시키면 과거 나의 수고가 되살아난다. 덕분에 손질하거나 데치는 작업 없이 바로 들기름과 간장 약간, 깨를 뿌려 시금치를 무쳐 먹으면 무척 간편하다.

냉동실에서 채소의 시간은 완전히 멈추진 않지만, 아주 느리게 흘러갈 순 있다. 냉동의 신비를 깨우친 뒤로 엄마가 보내주신 고마운 채소 택배는 물론 장보기 비용을 조금이나마 아끼기 위해 넉넉한 양의 채소를 저렴하게 산다 해도 문제없다. 식단을 고려한 계산 끝에 반은 얼리고, 반은 냉장 상태로 보관해서 사용한다. 살림의 기술이 하나 늘었다.

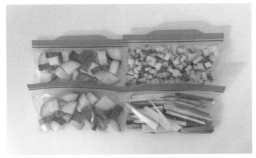

냉동 보관 채소 소분은 이렇게

요리 종류에 따라 얼리기 전 미리 적합한 크기로 잘라서 1회분으로 담아
두면 좋다. 애호박의 경우 찌개용은 깍둑썰기, 칼국수나 만둣국 용도는
채썰기, 볶음밥용으로 굵게 다져두면 꺼내 쓰기 편하다. 별도의 해동 없
이 바로 요리에 투입한다. 나물용 시금치나 버섯은 끓는 물에 살짝 데쳐
물기를 꼭 짜지 않고 1회 분량을 랩으로 포장해서 보관. 필요하면 상온
에서 먼저 해동한 뒤 사용한다. 통마늘은 편으로 썬 다음 필요할 때마다
잘게 다져서 쓰고 있다. 한 번에 마늘을 갈아두는 경우가 많으나 내겐 믹
서가 없고 다진 마늘이 얼면 달라붙어서 아주 작은 크기로 소분해서 보
관해야 한다. 나는 요리에 마늘을 조금 쓰고 있기에 필요할 때마다 편 몇
개를 꺼내 다지는 방법이 더 편리하다.

시골
오일장

"저것 봐, 동물병원에서 물고기도 치료한대."

동네에서 강아지, 고양이 같은 반려동물 중심의 동물병원만 보다가 소나 닭 같은 가축이나 양식장에 사는 물고기도 치료한다는 표시를 발견하곤 살짝 놀랐다. 조금만 생각해보면 당연한 일인데도 신선함을 느낀다. 가벼운 여행에서 발견한 평소와 조금 다른 부분이 생각의 폭을 넓힐 수 있는 계기가 된다. 서울에서 2시간 남짓 달려 탁 트인 바다를 바라보며 신선하고 가격도 저렴한 회를 양껏 먹을 수 있다는 점에 강릉에 있는 주문진을 찾았다. 첫날은 일행과 먹고 웃고 떠들고 놀다가 다음 날에는 현지 사람들의 생활을 발견할 수 있는 곳으로 향한다.

목적지는 양양 오일장이 열리는 '양양시장'. 도시에 사는 내게 오일장이란 소설 『메밀꽃 필 무렵』 허생원의 봉평 오일장처럼 현실에 존재하지만 어쩐지 소설 속에서나 어울릴 법한 낯섦이 있다. 그래서 오일장이 5일간 열리는 시장이라고 생각했다가 5일마다 열리는 시장임을 뒤늦게 알게 된다. 예컨대 양양의 경우 매월 4일, 9일 열린다고 한다. 대형마트 쉬는 날, 온라인 배송 휴무일을 쇼핑 앱 속 공지사항을 통해 보는 게 익숙한 나여서 장이 서는 날이란 물고기 고치는 동물병원과 같다. 이 지역 사람들에게는 전혀 특별할 게 없지만, 외지에서 온 나에게는 새로운 상식이다.

따뜻한 볕과 어울리지 않는 꽃샘추위 바람을 느끼며 시장에 들어선다. 산에서 막 캔 듯 싱싱한 봄나물과 집에서 키우는 암탉이 오늘 아침에 낳았는지 크기도 색깔도 제멋대로인 달걀들이 놓인 바구니가 눈에 들어온다. 동물 복지 여부, 무항생제인지 알 수 없지만, 건강미 넘치는 시골 달걀은 10구, 15구, 30구 이렇게 수를 맞춰 팔지 않는 자유로움을 가졌다. 장에서 파는 먹거리는 융통성이 가득하다. 만 원이란 가격이 매겨져 있지만 5천 원어치만 달라고 하면 그만큼도 판다. 애초에 정해진 부분은 장이 서는 날이나 품목 정도이고, 파는 물건의 양과 가격은 시세도 있긴 하겠지만 그보다는 파는 사람의 마음을 따르는 인상이다. 장을 보는 데 판매자와 대화가 필요했던 적이 언제였는지 생각조차 나질 않는다. 쇼윈도에 진열된 가격표가 적힌 물건

을 집어 들고 계산대에 놓고 카드를 건네면 끝이었던 장보기에
서는 대화는 크게 중요치 않다. 반면 할머니 상인들이 파는 물
건에는 대부분 보이는 가격표가 없어 직접 물어야 했다.

어릴 때 엄마 손 붙잡고 갔던 시장의 기억, 30여 년 전 시장
의 모습은 지금 내가 서 있는 이곳과 크게 다르지 않았다. 대형
마트 개념이 없던 시절이었고, 파는 사람과 사는 사람 사이의
흥정은 꼭 필요한 일이었다. 흔히 콩나물 가격을 깎아 사고, 방
송에서 억척스럽게 살림하는 주부를 콩나물값 잘 깎는 사람으
로 언급하던 시절이다. 그 시절의 나야 엄마가 언제 핫도그 사
주나 하며 목을 빼고 핫도그 가게를 쳐다보는 나이여서 흥정의
기술을 익힐 기회는 없었다. 자라서는 모든 게 표준화되고 규
격화된 대형 마트에서 장을 보는 일상이었다. 그렇게 물건을 사
게 되자 무엇 하나 사는 데 손해 보지 않겠다고 몇백 원에 아등
바등 상대방과 신경전을 펼치며 괜한 기운을 뺄 일이 없게 되
었다. 대신 할인 제품 미리 알아두기, 쿠폰 챙기기, 포인트 같은
단골 혜택이 중요해진다. 흥정의 방식이 사람을 상대하지 않아
도 되는 쪽으로 바뀌었을 뿐이지 우리는 여전히 적극적으로 정
보를 수집하지 않으면 손해를 볼 수도 있는 구조 속에서 장을
본다. 이곳에서 일행이 먼저 산 3천 원어치 상추와 곧바로 나도
따라 산 상추의 양이 달랐다. 저울을 쓰지 않고 어림짐작으로
장사를 해서다. 액셀 표에 정확한 수치로 원가계산을 하거나 오

늘 하루치 목표 매출은 얼마라고 설정할 리 없어 보이는 움직임에서 '이거 다 팔고 가면 좋고(안 팔리면 어쩔 수 없고)'의 마음을 읽는다. 매출 초과 달성을 목표로 움직이는 분위기에서 일하는 직장인으로서의 치열함도 컴퓨터의 정확함도 없는 이곳의 분위기가 더 풍족하게 느껴진다.

"만약에 말이야 지금 장터에서 물건을 파시는 할머니들이 돌아가신다면 이런 오일장이 계속 유지가 될까? 젊은 사람들이 이렇게 농사를 짓고 물건을 팔고 할 거냐 말이지."

우리는 장을 보고 산나물 튀김을 파는 장터 한 귀퉁이 포장마차에 앉아 튀김을 사이에 두고 이런저런 이야기를 나눈다. 전국에서 열리는 오일장을 자주 다니며 식료품을 쇼핑하는 지인은 장터에 남다른 애착이 있었다. 오산과 용인 오일장은 볼게 많고, 안성 오일장은 그저 그랬다는 쇼핑기와 함께 제철 산나물 튀김 품평이 뒤따른다. 그렇게 장터에 대한 이야기보따리가 풀린다. 오일장이라는 젊은 세대에게 생소한 시장이 지속 가능할지는 알 수 없다. 그런데 나는 전통 오일장에서 도심 곳곳에서 곧잘 열리는 플리마켓 형태의 시장을 떠올린다. 열리는 시기가 정해져 있고, 판매자들은 작은 자리를 사서 가판을 꾸미고 장사를 한다. 젊은 사람들을 중심으로 세련됨을 덧붙인 장터는 직접 담근 청에 예쁜 스티커를, 텃밭에서 키운 채소도 재미있는 이름을 더해 판다. 지금의 젊은 세대가 앞으로 만들어나갈 오일장은 자신만의 라이프스타일 경험치를 더해 더 흥미진진해질 거고, 수확한 혹은 만들어낸 무언가를 필요한 사람에게 돈을 받고 건네는 그 즐거움과 성취감은 바뀌지 않을 거 같다.

나와 다른 일상 풍경을 가진 여행지에서 집으로 돌아와 잠시나마 현지인의 기분을 만끽하는 방법은 그 고장의 식재료로 만든 음식을 먹는 게 아닐까. 양양에서 키운 표고버섯 밥에서 산의 향이 느껴진다. 내가 아직 양양에 있나 순간 착각했을 만큼 그곳의 산과 바다가 떠오르는 만족스러운 저녁 식사다. 앞으로 국내 여행을 떠나는 가장 큰 이유가 어쩌면 오일장이 될지도 모르겠다고 생각한다.

채소 시장과
좋은 식사

　장보고 밥 짓는 일상의 즐거움을 되찾아준다는 취지로 동네마다 열리는 작은 시장을 지향하는 '마르쉐'의 채소시장. 집에서 꽤 떨어진 곳이지만 시장이 서는 날을 기억해두었다 찾아가는 이유도 나와 추구하는 가치의 결이 같아서랄까. 갓 재배한 신선한 채소를 키운 사람이 직접 팔고, 아버지와 함께 양봉해서 꿀을 파는 젊은 농부와 할머니 레시피로 손수 부각을 만들어서 파는 가게도 함께하는 곳. 그곳에서 싱싱한 제철 호박잎을 충동구매한다. 원래는 뜨거운 한낮 여름에도 시들지 않고 청아한 향을 내뿜는 바질만 사려고 했는데, 사람들이 "어머, 호박잎이야." 감탄하는 분위기에 이끌려 난생처음 장바구니에 호박잎을 넣었다. 플라스틱 포장지의 마음 불편한 편리함에서 벗어나 장바구니에 채소를 그냥 턱 넣는 능동적인 장보기는 과대포장

혼자의 부엌

없는 심플한 장보기의 중요성을 일깨우고, 물건을 사며 처음 보는 사람들에게 재배방식이나 레시피를 서슴없이 물어볼 때 생기는 유대감도 좋다. 최근에 비가 많이 와서 덜 달다고 이야기하며 애플 수박 시식을 여기저기 권하는 생기 넘침, 여주에 도전해본다는 나의 개인적인 소회에 진심을 담아 잘하시는 거라고 칭찬을 듣고 초심자에게 조금 덜 쓴 여주를 추천받는다.

채소시장이 가끔 열린다면 신선하고 질 좋은 채소를 상시 구할 수 있는 곳은 로컬푸드 직판장이다. 지역에서 생산된 채소들을 저렴한 가격으로 판매하는데, 언니는 "살아서 다시 밭으로 갈 만큼 싱싱하지 않아?"라며 이곳의 채소 상태를 평가하기도 했다. 확실히 '내 인생은 끝났어.' 풀 죽은 채로 슬퍼 보이던 대형마트에 누워 있던 채소들과 다르다. 로컬푸드 직판장의 서슬 퍼렇게 날 선 채소들은 '어디 한번 먹어볼 테면 먹어봐라.' 하는 당찬 에너지를 내뿜으며 진열되어 있다. 밭에서 보던 채소들과 크게 다르지 않은 기운찬 모습은 지역 농산물을 소비해야 하는 이유를 알려준다.

장보기는 어디까지나 좋은 식사를 준비하기 위한 시작에 불과하다. 정말 행복한 일은 이제부터다. 밭에서 갓 수확한 채소가 농부들의 손에서 내 손으로 건네지고 나는 집으로 돌아와 앞치마를 동여맨다. 맛있는 저녁 식사를 지어야지. 본격적인

요리를 시작하기 전 배경음악을 먼저 고른다. 여름과 잘 어울리는 보사노바 음악, 묘하게 나른한 브라질 남자의 음성과 끈적이는 여자 목소리의 〈코르코바도corcovado〉 곡을 들으며 호박잎의 줄기 껍질을 하나하나 벗겨내 손질하고 찜기 위에 얹어 삶는다. 부엌 한구석에서 여름밤의 열기는 귀로도 호박잎 삶는 냄새로도 기억된다. 손을 재빠르게 놀리니 식탁 위에 여름 제철 채소의 진한 초록 옆으로 참기름에 볶은 버섯, 치즈 달걀말이에 얹은 바질 잎 한두 장이 오늘의 장보기가 가져온 좋은 식사로 바뀌어 있다. 요리한다는 건 사소한 일상일 수 있는데, 이곳에서 장을 본 채소로 요리하고 있노라면 그때의 여러 대화와 기억들이 하나둘씩 밀려와서 이상하게 조금 벅찬 기분. 간단한 요리로 시간을 덜 쓰며 건강하고 맛있게 먹고자 했던 집밥의 출발이 어느새 잘 먹고 살아가는, 마음을 배부르게 하는 시간으로 변해간다. 먹기 위해서만 살지 않지만, 좋은 식사도 있는 삶이 중요하다는 걸 눈치챈 건 가끔 열리는 작은 시장에서 장을 볼 때다.

좋은 식사란 영양가, 칼로리를 따지는 건강함에도 있겠지만 장보고 요리하고 식사하는 모든 순간 느끼는 '여기 존재한다'는 감각이 들게 한다. 영화 〈먹고 기도하고 사랑하라〉에서 이혼 후 잃어버린 식욕을 찾아 이탈리아로 온 엘리자베스의 모습에서 발견한 동질감. 이탈리안 레스토랑에서 파스타를 맘껏 즐기는 순간보다 그녀가 구한 집, 물을 주전자에 데워 목욕물을 채워야 하는 낡은 아파트에서 직접 달걀을 삶고, 아스파라거스를 데쳐 요리해 "누굴 위해서? 커다란 아줌마 바지가 내 스타일"이라고 했지만 결국 자신을 위해 예쁜 란제리를 사서 입고 바닥에 커다란 패브릭을 펼쳐두고 즐겼던 혼자만의 식사. 그 순간, 식욕 혹은 삶의 의욕을 되찾으러 온 엘리자베스의 여정이 끝나감을 눈치챘다. 어느 순간이고 요리를 하는 사람은 결코 불행할 수 없다고 믿는다. 식욕을 잃는 건 모든 고통스러운 사람들이 겪는 문제지만, 요리를 즐기는 사람이 요리할 의욕이 사라지는 건 생의 기쁨이 더는 남아 있지 않다는 추론이다. 그래서 요리에 기운을 쓰고 자신을 위한 좋은 식사를 챙기고 나면 나는 반쯤 충전된 기분이고, 이제 편안한 잠자리로 가 하루 동안 소진된 기운을 온전히 채울 준비를 한다.

수수하지만
요리하고픈 부엌

볕이 좋다. 집 청소가 끝나고 닫아둔 부엌 상부장과 하부장의 문을 활짝 열어 환기하고 있다. 오늘은 미세먼지가 없는 드문 하루고, 집 안의 모든 집기가 신선한 공기를 마시느라 정신이 없다. 나도 봄볕을 쬐며 고요함 속에 앉아 고된 청소 뒤에 오는 짧은 휴식을 취한다. 문득 시선이 향한 곳은 부엌. 실평수 12평 정도 되는 공간에서 살다 보니 작은 거실과 그보다 더 작은 부엌을 갖고 있다. 아일랜드 테이블이 거실과 부엌을 나눠주는 멋진 공간일 리 없고, 부엌 가구도 처음 이 집이 지어졌을 때 기본 옵션으로 붙어 있던 거라 내 취향일 리 없다. 그런데 그 공간을 애초부터 불만을 품을 줄 모르는 사람인 듯 편안한 눈길로 바라본다.

처음 내 집을 갖고 나서 나는 집에 대한 많은 공상 인테리어를 했었다. 마침 셀프 인테리어 열풍이 불던 때였고, 그 당시 리빙 분야 매거진 쪽에서 일했기에 마음만 먹으면 정보도 충분히 모을 수 있었다. 그러나 언제나처럼 돈은 부족했고, 답답한 상부장을 없애고 선반을 둔 유럽의 주방 디자인은 사진으로 만족할 수밖에 없었다. 요리를 매일 즐기며 할 수 없는 이유는 제대로 된 부엌이 없어서라는 핑계나 대면서. 아담하고 하얗고 목제 선반이 있는 부엌, 토분에 심어진 허브 화분 몇 개도 올려져 있는 멋진 사진을 찾아 모으며 이렇게 '홍길동 씨'의 취향인 멀쩡한 싱크대와 부엌 가구는 치워버리고 싶었지만 비용과 시간 문제로 결국 리모델링의 꿈은 사그라졌다. 예쁜 부엌은 아니지만 있는 그대로 깔끔하게 쓰기로 한다.

그 후 부엌에 머물러온 시간과 비례해 자연스럽게 상부장 중앙 문짝이 고장 났다. 지금이야말로 부엌 가구를 바꿀 때라고 생각할 수 있지만 몇 년 사이 내가 가진 부엌에 무척 익숙해졌고, 있는 모습 그대로 정이 들었다. 지금 가진 걸 바꾸지 않고 계속 쓰기로 결정. 오빠의 도움을 받아 고장 난 문짝을 뜯어낸 뒤 그 선반만 새하얀 페인트를 새로 발랐으니, 상부장이 개방된 선반이 드디어 생겼다고 웃으며 생각한다. 물론 어설픔 그 자체지만. 내가 편한 대로 구조를 바꿔나가자 개성과 역사가 생겨난다. 최신 디자인에 자꾸 노출되다 보면 어쩔 수 없이 지금 내가

가지고 있는 게 시시해 보일 때가 많지만 무라카미 하루키 소설『양을 쫓는 모험』중 '나는 스누피가 서핑 보드를 안고 있는 그림이 찍힌 티셔츠에 하얗게 될 정도로 빨아댄 낡은 리바이스 청바지를 입고, 흙투성이 테니스화를 신고 있었다.'라는 묘사가 그와 대화를 나누던 파란색 셔츠와 넥타이 차림에 단정하게 빗어 넘긴 머리를 하고 있는 남자의 차림보다 매력적으로 느껴졌다. 그런 나여서 나와 함께한 시간만큼 낡아가는 물건에 마음이 간다.

　작은 부엌에서 모든 살림은 최소화한다. 전기밥솥과 전자레인지를 제외하면 요리를 위해 쓰고 있는 소형 가전 도구는 없다. 에어프라이어가 무척 인기여서 관심을 가져본 적은 있지만, 결국 주방이 협소해 놓을 데가 없다는 이유로 사지 않는다. 과일이나 채소 모두 통째로 먹으니 믹서가 없다. 핸드믹서는 홈메이드 수프를 만들 때 필요해 사볼까 기웃거리다 내가 일 년에 단호박 수프를 직접 으깨어 몇 번 만드는가 생각해봤다. 다섯 손가락 안에 꼽을 정도. 토스트는 해먹을 일이 매우 드물고 프라이팬에서 약한 불로 구워도 충분. 채소 탈수기 대신 체에 밭쳐서 물기를 빼는 원시적인 도구만 있다. 끊임없이 쏟아져 나오는 탐나는 소형가전들에서 벗어날 수 있는 건 혼자 먹을 요리만 하기 때문일지도. 아니, 그보다는 여러 맛을 실험하기보다 단순한 요리만 해서 그럴지도 모른다. 무엇이든 소규모로 요리하는 주방은 환상적인 도구들이 없어도 불편하지 않다. 오히려 여러 가지를 갖추고 두었을 때 작은 부엌에 보관할 장소가 마땅치 않아 애먹을 상황이 눈에 보인다.

좋은 걸 갖고 싶은 욕심은 '지금으로 충분하다'고 마음먹으면 오래지 않아 희미해진다. 새 물건, 편리한 물건에 대한 욕망 대신 낡고 정든 물건에서 아름다움을 발견하면 아끼는 마음이 생긴다. 투박한 물건에도 애정이 샘솟고 싫증나서 버리고 싶지 않고 오히려 망가지면 안타까운 마음이 든다. 비싸고 좋은 물건이어서가 아닌 오래 함께한 시간만큼 추억이 많은 공간에 정이 깃든다는 걸 부엌에서도 조금씩 알아간다.

자연에서 찾은
멋진 살림

　사람이 섬세하게 조각한다 해도 이보다 부드러운 선을 내기 어려워 보이는 둥근 돌. 그 위에 펭귄 모양의 나무 스푼이 일광욕 중이다. 부엌 한 귀퉁이에 독특한 돌 수집을 즐기는 아빠가 주신 소박한 돌이 놓여 있다. 애초에 돌에 전혀 관심 없던 나였는데, 아빠가 정원에 쌓아 놓은 작은 돌탑 중 그 돌만큼은 자꾸 눈이 갔다. 북촌 한옥에 마련된 가구 브랜드 전시 행사에 갔다가 브로슈어를 둥근 돌로 눌러 놓았던 미감을 머릿속에 간직하고 있었는데, 부모님 댁에서 비슷한 걸 발견해 기뻤다. 살면서 처음 돌을 탐낸 나에게 아빠는 흔쾌히 그 돌을 내어주셨고, 여러 여우가 있어도 내가 길들인 단 하나의 여우가 특별하듯 나는 그 돌이 마냥 좋아서 부엌에 두었다. 거금도에서 왔다고 아빠가 지어주신 이름은 '거금이'. 마치 한때 유행했던 반려 돌

(펫스톤)처럼 이름도 있는데, 아빠는 통화하다가 가끔 거금이의 안부를 묻곤 한다. 그럼 나는 "거금이는 부엌에서 팔자 늘어지게 쉬고 있어."라고 답해주곤 했는데, 그게 아빠와 나누는 대화의 재미였다. 그렇다고 거금이가 자리만 차지하고 있지는 않다. 손님이 오면 종이 냅킨 여러 장을 눌러 놓을 때 등장하고, 시래기를 물에 불릴 때 가벼운 시래기가 수면 위로 두둥실 떠오르지 않도록 거금이를 쓰기도 한다. 거금이를 본 사람들은 장아찌 누름돌을 다양하게 쓴다며 웃긴 하지만, 실용적인 여러 쓰임보다 거금이의 가장 큰 매력은 집 한 귀퉁이에서 자연을 느끼게 한다는 점이다.

자연주의 살림을 하는 사람들은 자기만의 정원을 가지고 있다. 촬영 목적으로 방문했던 이효재 선생님 댁의 정원은 나뭇잎을 컵받침 삼아 식탁을 꾸미거나 연잎밥을 만들 때 자신의 정원에서 난 잎을 채집해 사용하는 라이프스타일과 겹쳐 보이며 영감의 근원 같았다. 일 년 내내 꽃이 지지 않는 멋진 정원으로 기억되는 타샤 튜더처럼 이름난 살림 아티스트들은 자연에서 그 아름다움을 찾고 생활에 더한다. 자연의 멋이 빠진 살림이란 현대적이고 실용성을 갖추고 있으나 정취는 느껴지지 않는다. 나 또한 거금이가 부엌에 머문 뒤로 담백하기만 했던 살림에 여유로운 분위기가 살짝 더해졌다. 꼭 멀리서 유명한 살림 전문가들의 자연에 대한 찬미를 찾지 않아도 우리 가족들의 생활에도 자연이 참 깊이 들어와 있다. 특히 아빠와 언니는 비슷한 취향을 가졌다. 아빠는 집에 딸린 정원에서 나무를 다듬고, 어디에서 구해 오셨는지 신통스러운 여러 돌로 정원을 장식한다. 왕실 정원에 장식된 괴석 같은 멋지고 위엄 있는 돌은 아니지만, 아빠의 애정이 느껴지는 수집품이다. 부모님 댁의 정원에 가득 심어진 과실나무와 꽃은 계절마다 다른 꽃을 감상할 수 있게 한다. 동백이 피기 시작해 달력이 넘어갈수록 작약, 그리고 이름을 기억할 수 없는 다채로운 꽃이 지고 또 피어난다. 삼 남매를 키울 때 아파트 생활을 하셨던 부모님은 노후에 힘에 부칠 만큼 할 일이 많아 보이는 정원 딸린 집에서 살아가시는 거로 결정했다. 그 당시 나로선 왜 그렇게 힘들게 사실 생각을 하시나 염려했지만, 엄마가 계절이 바뀔 때마다 정원에 어떤 꽃이 피었다며 전화로 들뜬 기분을 전할 때 언뜻 그 이유를 알 듯했다. 황량한 겨울이 지나고 계절마다 새로운 생명이 움트는 모습을 곁에서 지켜보는 즐거움이란 얼마나 클까. 자연은 나의 세계에서 큰 부분을 차지하고 있지는 않다. 꽃을 좋아하긴 하지만 어디까지나 그 화려한 색감과 형태라는 조형미에 빠질 뿐 생명이 내뿜는 에너지 자체에 큰 매력을 느끼진 않는다. 그러니 원예에 재능이 있는 초록 엄지green thumb를 타고난 언니의 "식물은 사랑으로 키우는 거야"라는 말에는 어쩐지 닭살이 돋아나고, 내가 수많은 허브를 죽였던 식물 살생자가 되었던 까닭이다.

부모님의 시골집에서 일주일 정도 머물면서 사람은 자연 속에서 살아야 한다고 처음 느낀 순간이 있었다. 샤워하고 헤어 드라이어 대신 자연에서 불어오는 연한 바람으로 머리를 말리면서 책을 읽고 있는 내 귀로 대나무를 훑고 지나는 바람 소리와 새소리의 앙상블이 들려왔다. 눈부시게 따뜻한 볕을 피해 그늘로 찾아 들어가 고양이처럼 나른하게 웅크리고 있을 때 어딘가에서 벌이 붕붕거리는 소리도 들렸고, 아침에 일어나면 사과나무, 감나무가 심어진 시골길을 산책하고, 밭에서 막 캐온 연한 상추가 점심에 올라오는 일상은 최신 시설의 여느 고급 호텔이 주는 낯선 환경의 마음 불편한 휴식보다 묵은 감정이 가볍게 흘러가는 편안함이 무엇인지 알려주었다. 마음 깊이 고여 있는 감정이 정화되던, 종종 떠올리며 힘을 얻는 몇 안 되는 일상의 아주 좋은 추억. 이래서 중년의 전성기를 지나고 있는 인생 선배들이 은퇴 후 시골을 꿈꾸나 보다.

　　아빠는 내가 둥근 돌을 마음에 들어 하자 다음에 집에 올 때 나를 주겠노라며 여러 가지 귀여운 돌들을 모아 두셨다. 젓가락 받침으로 쓰기 좋은 가느다란 돌과 찻잎을 덜 때 쓰는 숟가락 받침으로 맞춤인 돌 두 가지를 고른다. 부엌에 들인 아주 소박한 자연 살림 하나가 마음을 이토록 따뜻하게 해주는지. 제주 어느 공방에서 만든 옻칠한 나무 주걱으로 갓 지어낸 밥을 섞을 때의 향이 좋고, 손에 감기는 매끄러운 나무 질감으로 휘젓는 요리가 주방 일을 미묘하게 즐겁게 만들 때처럼 이름 없는 돌멩이도 존재만으로 느긋한 기분을 불러온다. 한 치의 오차 없이 공장에서 만들어진 그릇 사이로 수줍게 자리 잡은 작은 돌을 젓가락 받침으로 쓰는 밥상에서 작게나마 트이는 숨통. 집에 하나뿐인 화분에 물을 주며 문득 시골살이의 공상을 펼쳐 본다. 자연과 벗 삼아 안빈낙도의 삶을 즐기는 맑은 마음을 가진 가난한 선비처럼 아주 작은 시골집에서 그보다 더 작은 정원을 갖고 사는 모습.

> 장소는 경치가 좋은 곳. 강을 낀 산은 시내가 있는 산만 못하고, 동네 입구에 높은 암벽…
> 좌향으로 지은 초가집 서너 칸. 문미에는 담묵 산수화, 방 안에는 서가 두 개를 놓고 1,300~1,400권의 책.
> 담장 안에 석류, 치자, 백목련 같은 것으로 각각 품격을 갖추어놓고, 국화는 48종의 갖가지 색깔을 갖춘다.
> 뜰 오른편에 조그마한 연못, 연꽃 수십 포기와 붕어.
> 채소밭과 채소밭 둘레에 찔레꽃 수천 그루…

책 『서재에 살다』에서 찾아낸 다산 정약용의 은거 방식은 세상을 피해 숨어 사는 방법이 아닌 자기만의 세상을 만드는 기준에 가깝다. 콘크리트 바닥을 딛고 살아가는 오늘이 아닌 흙을 밟고 사는 내일의 생활은 규격화된 삶에서 벗어나 개인의 자유로운 세계를 만드는 궁극적인 방향 같다. 마음을 괴롭히는 필연적인 경쟁과 관계에서 도망쳐 나만의 소우주가 전부인 일상을 상상해본다. 작은 오솔길을 산책하고, 간단한 아침을 먹고 오전에는 글을 쓰고 오후에는 책을 읽고 늦가을 저녁에는 뜨개질로 시간을 보낸다. 상상 속의 나는 고요한 적막 속에 가끔 불어오는 바람 소리를 들으며 평안한 하루를 보낸다. 문득 지금 내가 살아가고 있는 공간이 시골은 아닌데 어떤 소음도 없으니 적적함으로 치면 비슷한 듯하다. 근시일 내에 도시를 벗어나서 살 거란 생각은 없지만, 자연을 벗 삼아 살아가는 일은 어떤 형태로든 좋다. 도심의 복잡한 길을 걷다가 나무 한 그루 눈여겨보고, 시골에 대한 그리움이 깊어지면 그곳에 계신 부모님이 보고 싶은 이유가 더 클 테니 전화를 드리고 안부를 묻는 거로 족하다. 그리고 부엌에 들인 작은 자연 살림을 애정 어린 마음으로 아껴준다.

양념 선반의
터줏대감

넷플릭스에서 본 음식 다큐 〈소금, 산, 지방, 불〉은 총 4편으로 맛있는 요리를 완성하는 데 영향을 끼치는 네 가지 요소를 『Salt, Fat, Acid, Heat』이라는 책을 펴낸 셰프이자 작가 사민 노스랫이 주제에 맞춰 특정 나라를 방문해 알려준다. 음식의 풍미를 올려주는 지방 편은 매콤하고 쌉쌀하지만 약간의 단맛도 느껴지는 이탈리아 올리브오일을 가장 먼저 소개하고, 소금 편에선 해초를 말려 거기에 붙어 있는 소금을 얻는 일본 소금 수확 방식과 간장을 발라 구운 오니기리(일본식 주먹밥) 레시피가 인상적이다. 산 편은 멕시코에서 소스에 활용하는 광귤 등의 신맛 외에도 신맛이 나는 꿀을 맛보는 등 여러 재료가 가지고 있는 고유의 신맛에 대해 살펴볼 수 있다. 마지막 불에 대한 주제는 끝까지 보질 못했는데 아무래도 첫 번째 장면이 스테이크 굽는 노하우였기에 내겐 다소 흥미가 떨어졌다. 그런 의미에서 가장 친숙하고 깊은 이해가 가능했던 건 역시 소금 편. 소금 없이 음식 맛을 내는 건 상상할 수 없다.

'소금 한 단지를 함께 먹어야 진정한 친구가 된다.'
　음식의 부패를 막아주는 등 변하지 않는 소금의 속성이 독일의 속담처럼 여러 문화권에서 약속, 믿음, 동맹의 의미를 담는다고 한다. 내게도 소금은 가장 믿음직한 요리 친구다. 천일염 하나만 있으면 해산물을 깨끗하게 씻을 때도 쓰고, 채소를 절일 수 있다. 소금 입자가 굵고 많이 짜니 파스타면을 삶을 때 간을 하기에도 적절. 음식에 간을 할 때는 천일염을 잘게 빻아 쓴다. 천일염은 정제되지 않은 소금이기에 미네랄 등 영양도 풍부하다. 무엇이든 종류를 늘리지 않고 가진 걸 여러 용도로 쓰는 편이라 소금도 하나만 있으면 충분했다. 그런데 화려한 맛의 트뤼프 소금을 선물 받고, 상큼한 유자 소금을 맛보며 눈뜬 즐거움은 그 나름의 매력이 넘쳤다.

　송로버섯이 개미 눈물만큼 살짝 들어가 향과 맛이 고급스러운 이탈리아산 트뤼프 소금은 달걀 요리나 볶음 요리를 할 때 쓴다. 카나페를 만들 때 연어나 치즈 위에 살짝 뿌려서 간을 맞추기도 한다. 기분 탓일지는 모르나 조금 비싼 소금을 뿌렸다고 확실히 감칠맛이 느껴진다. 유자의 상큼한 향과 맛이 섞인

유자 소금은 양상추의 친구다. 무겁고 느끼한 샐러드드레싱 대신 올리브오일과 함께 요긴하게 쓴다. 유자 소금을 양상추에 살짝 뿌리면 샌드위치나 샐러드를 만들 때 별도의 드레싱은 필요치 않다. 소금을 잘 이용하면 어떤 요리든지 가볍게 먹을 수 있다는 깨달음이었다. 가진 소금의 향에 따라 임의로 육류와 채소로 구분해두고 쓰는 것뿐 원래 가미된 소금은 스테이크처럼 구운 육류 요리의 맛을 끌어 올리는 시즈닝의 일종이다. 그래서인지 늦여름 무렵 하지감자를 삶아 소금에 찍어 먹을 때의 만족감은 내게 1++(투플러스) 한우를 즉석에서 구워 소금에 살짝 찍어 먹는 순간과 비길 바 없을 정도. 아주 단순하고 대체 불가결한 존재감으로 소금은 음식에 맛의 기운을 불어넣는다. 후추, 페퍼론치노, 파슬리 플레이크처럼 이국적인 향신료가 없다 해서 요리가 안 되는 건 아니지만, 소금이 없다면 어떤 요리도 할 수 없다.

내가 소금을 전적으로 신뢰한다면, 늘 의심의 눈초리로 바라보는 건 설탕이다. 설탕을 주방에서 없앤 지 꽤 오래되었다. 요리할 때 당을 보수적으로 쓰는 편이라 설탕은 필요치 않았다. 그렇다고 해서 단맛이 빠지면 음식의 맛이 떨어진다. 그래서 내린 결론은 설탕 대신 꿀을 쓰는 거였다. 올리고당이나 물엿 등 갖가지 설탕 대용품이 있지만 내겐 꿀 한 통이면 충분하고도 넘친다. 꿀통에 표기된 탄소동위원소비 -23.5% 이하만 기억하면 설탕 꿀이 아니고 꽃꿀이겠지 하는 지식은 별로 없는 나로서도 꿀값이 설탕에 비하면 금값이란 걸 알기에 요리에 듬뿍 쓰지 못한다. 값이 비싸니 자연히 귀하게 쓰고 그렇게 당 섭취는 점점 줄어든다. 꿀이 자연에서 얻은 당이니 정제된 설탕보다 건강할 거라는 믿음도 물론 있지만, 당은 당이라서 마누카꿀만 매일 한 스푼씩 먹었던 건강법은 아주 오래전에 그만두었다.

그러고 보면 재료의 맛을 살린 요리가 일상식이 된 이후로 소금이나 꿀이 늘 구비해두는 터줏대감 양념이라면 아주 오랫동안 사지 않은 소스가 있다. 바로 케첩. 짭짤한 감자튀김에 케첩을 찍어 먹으면 환상적인 조합이고, 달걀 프라이에 하트 모양으로 케첩을 뿌릴 때면 눈으로 즐거움을 만끽했다. 어떤 음식을 먹어도 꼭 뿌려 먹고 싶을 정도로 매력적인 소스다. 그런데 케첩은 모든 음식의 맛을 케첩으로 덮어버리곤 한다. 케첩 고유의 개성이 강해 다른 재료들과 조화를 이루기 어렵다. 그래서인지 어느새 꼭 갖추지 않아도 아쉽지 않은 양념이 된다. 문득 일본 음식 드라마 〈오센〉의 한 에피소드가 떠오른다. 거리에 즐비한 자판기, 종류가 너무 많아 고르기 힘들 정도인 여러 식당, 집에서 요리하지 않아도 전자레인지에 데우기만 해도 음식이 완성되는 편리하고 풍요로운 현대사회와 대조적으로 오랜 전통을 지켜나가는 요릿집인 잇쇼우안이 배경이다. 맞벌이 부부의 아이가 등장하는 에피소드에서였다. 그 소년은 공부를 잘하지만, 무맛은 모른다. 아이에게 무 조림을 포함해 식재료 본연의 맛을 살린 전통 요리를 대접하는데 아이는 별다른 맛을 느끼지 못한다. 그러다 모든 요리에 모조리 케첩을 뿌리고 나서야 만족스러운 식사를 한다. 잇쇼우안 주인 오센은 그러면 다 같은 맛이 되지 않냐고 묻지만, 그 아이는 케첩 맛을 가장 좋아한다.

요리는 양념 맛. 아니 요리는 재료 맛. 결국 두 가지가 균형을 이룰 때 미각이 살아나는 맛있는 요리가 완성되는 게 아닐까. 양념을 할 때는 다소 부족한 듯 간을 한다. 내게 언제나 필요한 건 절제하는 마음이고 간을 맞출 때는 더욱 엄격하게 지킨다. 과하면 실패하지만, 부족하면 만회할 기회가 주어진다. 지나치게 싱거우면 약간의 소금을 더해서 맛의 균형을 맞춰간다.

이상적인
부엌 일과표

일상 요리를 하는 사람은 게으를 수 없고 따로 메모하지 않아도 무의식적으로 계획을 세워 움직인다. 콩을 불려 두거나, 채소 다듬기처럼 부엌에서 늘 다음 끼니를 위한 밑 작업을 미리 해놓아야 무리 없이 집밥을 먹을 수 있기 때문. 자신만의 부엌을 운영하는 사람에게는 누구나 이상적인 일과표가 있지 않을까. 크게 일주일 전, 작게는 하루의 아침과 저녁에 미리 준비해 규칙적인 집밥 생활을 한다.

한 주 동안 먹을 식량을 냉장고와 실온에 보관할 재료로 나눠서 정리한다. 주말에 밑반찬을 한두 가지 만들고, 새로 산 레몬도 정리해 밀폐 용기에 넣어둔다. 레몬은 아침에 홍차, 탄산수에 넣거나 구워진 생선의 풍미를 돋우기 위해 쓴다. 식사 빵으로 커다란 호밀빵을 하나 사면 이틀 먹을 양을 제외하곤 한 번에 먹기 좋은 크기로 자른 뒤 빵끼리 달라붙지 않게 얼기설기 투명한 지퍼백에 넣어 반드시 냉동실에 보관하고 아침마다 하나씩 꺼내 상온에서 해동한다. 냉장실에선 수분이 빠져나가 빵이 마르므로 오래 보관하기 어려운 데다 늘 혼자 먹기에 바게트나 호밀빵의 크기가 지나치게 압도적이라 다 먹지 못하고 상해서 버리기도 했는데, 냉동해서 빵을 보관하는 방식을 알게 된 뒤로 큰 빵도 부담 없이 살 수 있게 되었다.

평소 아침에는 부엌에서 두 가지 일을 한다. 작은 주전자에 하루치 식수를 끓여 보온병에 담아 두고, 아침마다 잡곡을 씻어 밥솥에 넣어 불려 둔다. 외출 전에 이 두 가지 일을 해야 퇴근 후 집에 돌아온 내가 자연스럽게 보온병에 담긴 물을 따라 마시고, 밥솥의 취사 버튼만 누른 뒤 밥이 되는 시간 동안 국이나 반찬을 만들어 저녁 식사를 챙긴다. 이 두 가지 루틴을 거르는 순간 저녁 스케줄은 엉망이 되고야 만다. 부랴부랴 물을 끓이고, 잡곡밥 대신 흰쌀을 씻어 빠르게 밥을 해야 하니 분주하다. 아침에는 오늘 저녁 요리 주제에 따라 마른 콩이나 시래기를 불려 두기도 한다.

하루 중 저녁. 약간 피곤하지만 역시 내일을 위한 준비를 빼놓을 수 없다. 저녁 식사를 위한 반찬을 넉넉하게 준비해 회사에 가져갈 도시락을 싼다. 볶음요리나 달걀말이를 할 때면 적게 계량한다 해도 채소를 워낙 다양하게 쓰다 보니 두 명이 먹을 음식이 만들어지곤 했다. 도시락 생활이 부담 없는 건 도시락 반찬을 따로 만들지 않기 때문. 요리 후 남은 껍질 벗긴 채소들을 잊지 않고 다음 요리에 가장 먼저 쓸 수 있게 하단 채소 칸이 아닌 눈에 바로 보이는 자리에 둔다. 이 또한 다음 요리를 위한 준비. 잠들기 전에 미리 베이킹소다로 다음 날 먹을 사과의 껍질을 씻는다. 사소한 준비지만 바쁜 아침에 요긴하다.

모두 과거의 내가 미리 해두었기에 누릴 수 있는 지금의 안락함. 굳이 이렇게까지… 필요한 순간에 하면 더 편하고 합리적이지 않나? 하고 생각할 때도 있었지만, 신기하게도 막상 닥치면 하기 싫었다. 물을 끓이지 않고 생수를 사 오고, 당장 쌀을 씻어 밥을 하는 대신 배달음식을 시킨다. 일상의 저항감이 커지면 커질수록 내 노동력을 들이지 않는 가장 쉬운 선택을 한다. 그런데 가까운 미래를 위해 지금을 살자 생각하니 오히려 계획적으로 된다. 쌀을 씻어 두었으니 집에 가서 밥 먹는 게 당연해 외식은 하지 않는 것처럼.

예전에는 몰랐던 충만한 기분. 내 주위를 둘러싸고 있는 환경이 아늑하고 미리 준비되어 있을 때 느끼는 안정감이 좋다. 포근한 온도의 침구, 샤워 후 쓰는 깨끗한 수건, 외출 중에는 마스크와 손을 닦을 손수건을 에코백 안에 챙겼기에 느끼는 보호받는 기분. 그중에서도 가장 기분 좋은 일은 내일 먹을 아침 식사가 냉장고에 있을 때다. 미리 준비해 둔 덕분에 허둥지둥 서두르지 않는 아침을 보내며 마음의 여유를 갖고 하루를 시작할 수 있다.

나는 여유롭고 차분한 기분으로 늘 살아가고 싶다. 약속 시각에 늦고 싶지도, 마감 기한에 쫓기면서 일하기보다 늘 앞서 해두고 싶다. 조바심을 내다보면 스트레스를 곧잘 받았고, 무슨 일이든 변수가 생기기 마련이라 대비할 수 있는 심적 여유는 시간에서 나왔다. 그래서 미리 해두는 나의 습관에 기댄다. 언제나 조금씩만 미리 하기. 가까운 미래의 내가 미루지 않도록 약간의 시작, 발판만 다져둔다.

낭비 없이
사는 법을 배우다

요리하는 일상은 매일 소소한 완성을 경험하게 하고, 먹고 사는 즐거움을 나에게 선물한다. 소득 없는 고민을 멈추고 몰입하는 순간을 부엌에서 자주 경험했다. 그리고 무엇보다 절약. 내가 부엌에서 가장 많이 배운 아끼는 법은 돈과 시간, 움직임, 힘까지 그 범위도 참 다양하다.

집마다 식비 수준은 다르겠으나, 집밥을 먹자 나의 한 달치 식비가 절반 가깝게 줄었다. 물론 요리에 들이는 시간과 노동력을 같이 계산해보면 경제적으로 완전한 이득은 아닌지라 영화 〈앙드레와의 저녁 식사〉의 주인공처럼 "내 생각은 예술과 음악으로 가득 찼었는데… 내 나이 36세, 이젠 오직 돈 생각뿐이다"는 마음이라면 그 시간을 들여 돈 버는 일을 더하는 편이 가계에 보탬이 될지도 모른다. 그런데 종일 돈 버는 일만 한다는 건, 마음이 지친다.

돈을 떠나 나를 위한 창조적인 즐거움을 느끼고 싶다면 요리는 참 실용적이다. 절약하면 돈을 버는 효과가 있다고 하니 식비 절약 면에서 요리는 돈을 벌어다 준다. 처음엔 먹는 것만큼은 아끼지 않고 풍족하게 쓰겠다는 마음으로 장을 보곤 했다. 하나를 사면 하나를 더 준다는 식료품을 혹해서 사거나(혼자 먹으니 대부분 그 맛에 질려서 못 먹곤 했다), 냉동 식재료는 유효기간이 더 오래갈 거로 생각해 내버려 두고 입맛이 당기는 식료품을 새로 산 적이 있는데(냉동실에 버림받은 식료품이 한 달 뒤에도 먹고 싶은 적은 드물었다), 이 모든 게 오히려 손해임을 깨달았다. 시행착오 끝에 일주일 단위로 소비할 만큼 메뉴를 짜서 적당한 양만 사고, 식재료가 떨어져 갈 무렵 새로 사는 연습은 문자 그대로 잘 먹고 잘 살기 위한 절약의 길이었다.

더 많이 벌어 풍족하게 누리고 살겠다는 욕심은 현실의 벽에 부딪히면 자연스럽게 줄어든다. 자본이 아닌 노동으로 돈을 버는 일은 언제나 시간과 체력, 무엇보다 능력이란 한계가 뒤따르는 법. 내가 쾌적하다 느끼는 생활 수준—작지만 깨끗한 집, 몇 벌 없어도 좋은 품질의 편안한 옷, 유기농 식품을 사 먹을 수 있을 정도의 생활비—을 찾자 그 이상의 돈은 시간과 사치, 새로운 경험을 사기 위해 버는 게 아닌가 싶었다. 생계를 해결하고, 미래를 어느 정도 대비할 수 있다면 더 많이 갖고자 하는 갈망을 잠재우고 돈과 유사한 가치인 시간적 여유를 모조리 예술과 책이 함께하는 안온한 일상으로 채우고 싶다. 그렇게 생활에 있어 큰 그림을 그리다 보면 가사일 중 시간을 가장 많이 쓰는 부엌에 들이는 시간과 에너지 낭비를 줄일 궁리를 한다.

작은 집을 넓게 쓰는 방법은 잡동사니를 줄이는 것. 발에 걸리적거리는 물건이 없으면 답답하지 않다. 작은 부엌도 마찬가지로 물건을 밖으로 최대한 내놓지 않으면 좁거나 복잡하다는 인상이 사라지는데, 대신 동선이 복잡해질 수 있다. 지금의 부엌 꼴을 갖추기 전까지 여러 수납 실험을 해보았다. 엄마가 이사 선물로 사주신 전기밥솥은 내게 조금 불필요한 5인 가족 용량으로 자리를 많이 차지하는 편이라 싱크대 하부장에 넣어두고 필요할 때만 꺼내 쓰곤 했다. 그러나 눈에 보이지 않으면 멀어진다고, 물건 또한 눈에 보이지 않으면 쓰지 않게 된다. 확실히 늘 눈에 들어와야 아침에 쌀을 씻는 일을 일상적으로 이어나갈 수 있다. 게다가 다소 무거운 밥솥을 하부장에서 꺼내고 다시 넣자니 불필요한 힘과 동선의 낭비. 그래서 늘 밥솥은 한자리에 고정해 두었다. 어리석은 시도였을지 모르나 밥솥이 싱크대 상부에서 사라졌던 부엌은 걸리적거리는 물건이 없어 널찍하게 쓰기 좋았다. 대신 무겁지 않은 도구는 모두 보이지 않게 수납한다. 조리도구, 양념통은 필요할 때만 꺼내 쓰는데, 늘 안에 넣어두면 먼지가 앉지 않아 매일 닦아줄 필요가 없다. 한때 부엌이 지저분해지는 게 싫어 식기 건조대를 베란다로 옮겨 두고, 주방 세제도 숨겨서 보관한 적이 있었다. 건조대를 베란다로 옮기니 설거지를 바로 하지 않고 미룬 다음에 한 번에 하려는 나를 발견. 역시 비효율적이어서 바로 건조대도 올려두고 쓰기 시작했다. 애초에 왜 그런 시도를 했는지 돌이켜 생각해보면 미니멀라이프 살림 팁에 심취해 있을 때여서다. 건조대 없이 마른행주 위에 그릇을 건조하여 정리하는 팁은 혼자였기에 해봄직 싶었다. 건조대를 수시로 닦아줄 필요 없이 주방을 넓게 쓰면서 귀찮은 청소를 줄일 수 있을 거로 생각했는데 도마, 각종 수저가 난잡하게 굴러다니는 모습이 어찌나 지저분하던지. 결국 건조대 역시 개수대 옆에 두는 쪽이 더 편리하다는 결론을 얻었다.

부엌에서 힘을 절약하는 좋은 방법은 미루지 않는 청소에 있다. 부엌이 깔끔한 체하기가 얼마나 어려운 공간인지 부엌일을 해본 사람이라면 충분히 상상할 수 있다. 행주를 쥐고 물기를 바로 닦아야 얼룩이 남지 않아 다음번에 힘을 들여 닦을 일이 없고, 가스레인지와 타일의 기름도 바로 닦아주어야 묵은 기름때를 제거하려고 이마에 구슬땀을 흘리지 않는다. 내가 가장 좋아하는 주방 청소 방법은 약국에서 파는 천 원짜리 소독

용 에탄올을 쓰는 건데, 키친타올에 묻혀 기름이 튄 곳을 닦아주면 말끔하고, 음식물을 다루는 조리대에서 균을 없애는 방법 같아 개운하다. 부엌일에 서툴렀을 때는 바로 닦는 습관이 없어 한꺼번에 몰아서 청소했더니 정말 힘이 들었다. 나눠서 했다면 절반도 안 되는 힘으로 끝낼 수 있었을 텐데. 설거지도 요리 중간중간 해주고, 식사 후 바로 설거지를 마치면 마음이 개운하다. 무언가 해결되지 않고 남아 있을 때 마음속에서 생겨나는 계속해야만 한다는 일종의 부채 의식은 정신적 에너지 낭비다. 어떤 해결되지 않은 문제를 생각하기보다 몸으로 해버릴 때 홀가분함을 느낀다. 설거지처럼 아주 사소한 집안일도 쌓이면 쌓일수록 한숨도 쌓인다. 사소한 문제에 성질을 부리지 않기 위해, 더 무던하게 살기 위해 작은 일부터 바로 하는 습관은 모두 부엌에서 배웠다. 게으른 내가 부지런함을 단련하는 부엌. 아아, 그렇다 해도 나는 아직 샤워 후에 거울과 세면대의 물기를 바로바로 닦는 경지까지는 이르지 못했다.

3

혼자의 가정식

나를 보듬는 요리 일상

친절한
요거트 씨

잡지사에서 만난 S선배를 떠올리면 늘 망고가 먼저 생각난다. 매년 생일이면 태어나느라 고생했으니 급한 일 없으면 휴가를 내곤 했다. 몇 해 전에도 그랬다. 다행히 마감과 생일이 겹치지 않아 모처럼 집에서 휴식을 취하는데, 망고가 배달된다는 메시지가 왔다. 뜻밖의 망고 배달은 선배가 내게 보낸 생일 선물이었다. 오래전 세부 여행에서 처음 만난 망고의 맛은 낙지 먹은 소(그런데 소는 초식동물 아닌가?)처럼 힘이 나게 해줬던 과일이라고 지나가는 말로 선배에게 한 적이 있었는데, 잊지 않고 있었다니! 누군가 나의 기호를 면밀히 살펴 기대하지 않았던 깜짝 선물을 하면 두고두고 고마움을 새기게 된다. 세심한 관심과 배려가 선물 자체보다 값지고 귀하고, 말하지 않아도 마음에 정이 닿는다.

S선배와 만나는 약속 장소도 늘 기억에 남는다. 디뮤지엄에서 전시를 보고 한국에 갓 상륙한 타르틴 베이커리에 가거나 이태원의 디앤디파트먼트, 북촌 한옥 전시부터 보안여관 등 온갖 새로운 장소는 선배와 탐험했다. 어느 한쪽이 좋아하는 장소로 맞췄다기보다 우리의 취향이 겹친다는 점에 방점을 찍고 싶다. 이렇게 한 사람과의 관계에서 추억이 쌓이고 쌓인다. 퇴사 이후 각자 갈 길을 가고 있지만, 사는 게 바빠 가끔 연락해도 어제 본 사람처럼 신나게 이야기할 수 있다면 심리적인 거리는 충분히 가깝다.

그 선배의 다이어트 저녁 식사는 바로 요거트볼이다. 우묵한 그릇에 요거트를 담고, 온갖 과일을 넣어 섞어 먹는다는 말에 영감을 얻어 내가 그토록 고민했던 아침 식사 고정 메뉴가 생겼다. 당시만 해도 들쑥날쑥 아침을 먹었던 나는 잼 바른 식빵보다 영양가 높고, 수프나 죽처럼 소화에 부담 없는 간편한 아침 식사를 찾고 있었다. 선배의 식사 메뉴 덕분에 딸기 맛 요거트의 퓌레 아닌 진짜 과일, 그래놀라, 견과류 등을 잔뜩 넣어 먹는 요거트가 건강한 아침 식사로 자리 잡는다. 마셔도 좋을 만큼 묽은 식감의 요거트부터 크림치즈 같은 그릭 요거트까지 고루 먹어본 후, 목 넘김이 부드러운 질감의 그릭 요거트를 일상식으로 남겼다. 플레인 요거트의 수분을 뺀 그릭 요거트는 꾸덕꾸덕한 질감만큼 단백질, 칼슘과 같은 영양성분이 밀도 있게 담긴 건강식이기도 하다.

아침마다 비슷한 걸 먹으면 지겨울 법도 싶지만, 토핑이 달라지면 그 맛도 새롭다. 요거트는 '하얀 도화지 위에 그리고 싶은 대로 그려보렴.' 하고 내게 창작의 기회를 주는 식사다. 둥근 볼 안에 요거트를 듬뿍 담고 먼저 블루베리는 잊지 않는다. 블루베리는 눈 건강에 도움이 되는 영양소가 들었다는 말과 타임지 선정 슈퍼푸드라는 말에 홀려 챙겨 먹는 과일이니까. 그러고 보니 요거트는 만나는 과일에 따라 그 매력이 달라지는 게 재미있다. 아보카도는 고소한 맛을 더하고 무화과는 달콤하면서 고운 자줏빛이 눈요기에 좋은데, 요거트와 어우러지면 어떤 과일이라도 마치 반사판이라도 댄 듯 화사하다. 사진이 무조건 예쁘게 나오니 저절로 '인증샷'을 찍게 되고말고.

요거트와 환상적인 궁합을 자랑하는 건 과일 외에도 그래놀라나 플레이크처럼 굽거나 말린 고소한 곡물류. 하지만 무엇보다 견과류가 빠져선 곤란하다. 가격이 상대적으로 저렴한 고소한 아몬드나 호두를 주로 먹지만, 비행기도 돌렸다는 악명으로 유명해진 마카다미아, 파이와 잘 어울리는 고급스러운 피칸까지 가리지 않고 요거트에 넣는다. 도무지 요거트와 어울리지 않는 조합이 무엇인지 모르겠다.

무엇과 함께해도 잘 받아주는 요거트에서 넘치는 친절함을 발견한다. 원유에 유산균으로 발효시킨 아주 심플한 방식으로 만들어졌으나 어우러진 토핑의 맛에 자신의 색을 잃지 않고, 오히려 토핑을 돋보이게 하는 대범함. 여러 토핑을 섞어도 요거트 자신의 넓은 아량으로 한데 묶어 맛의 조화를 이뤄낸다. 사람으로 치면 화려하지 않지만 존재감 있는, 주변과 잘 어울리는 넉넉한 성격을 가진, 잠시 스쳐도 오래도록 기억에 남는 그런 분위기와 요거트 씨는 닮았다.

늘 먹어도 질리지 않는 식사. 요거트를 아침 식사로 챙겨 먹게 된 뒤 나는 활력을 얻었다. 아침 식사로 곧잘 호밀빵에 치즈를 먹기도 하지만 언제나 작게라도 요거트는 곁들인다. 유산균을 굳이 영양제로 챙겨 먹지 않아도 요거트가 그 역할을 한다고 여긴다. 가볍게 먹어도 든든함이 느껴지는 요거트볼. 나를 알아가는 일은 평생 해야 한다지만, 아침 식사만큼은 지금 이대로 충분한 기분. 혹시 좀더 세월이 흐르면 아침 식사는 무조건 밥, 국, 반찬 세 가지를 두고 먹어야 한다고 몸 상태가 또 변할지도 모르니 성급한 결론은 내리지 않겠다. 나는 앞으로의 나를 모른다. 그 부분은 미지의 영역이므로 그때가 오면 또 탐구해볼 문제가 되겠지.

혼자의 가정식

아보카도 요거트볼

슈퍼마켓에서 쉽게 살 수 있을만큼 대중적인 과일이 된 '숲의 버터',
아보카도. 남은 아보카도를 어떻게 먹을까 고민하다가
요거트에 섞어보기로 했다. 아보카도의 크리미한 질감과
그릭 요거트가 섞이니 부드럽고 고소하다.
여기에 견과류와 그래놀라를 곁들이면 바삭한 식감이 조화롭다.

재료

그릭요거트 80g, 아보카도 1/4개, 시나몬 맛 그래놀라 약간

만드는법

1 투명한 물컵 하나를 준비한다. 무엇이든 다용도로 쓰면 많은 물건이 필요없다.

2 아보카도를 으깨어 가장 하단에 담는다.

3 그 위에 그릭 요거트를 얹는다.

4 견과류와 곡류, 시나몬이 섞인 그래놀라를 얹으면 끝.

아침을 깨우는
물의 온도

　침대 위 퀼트 이불을 덮고 누워 있는 곰돌이 옆에 작은 창이 나 있다. 창밖에는 눈이 내린다. 창 위에 있는 선반 위로 책들이 가지런히 꽂혀 있고, 옆에는 쿠키 상자가 슬그머니 놓여 있다. 곰돌이가 사는 오두막 가운데 있는 작은 난로에는 언제나 훈훈한 김을 뿜어내는 주전자가 놓여 있다. 곰돌이 집이 아늑한 이유였다.

　어릴 적, 아는 단어가 별로 없는 나의 머릿속 세계를 바깥 세상에 표현할 방법은 그림이었다. 곰돌이의 세계는 혼자여도 충분히 행복한 어린 시절의 온기를 담은 그림이다. 타고나길 그런 성향인지 지금 살아가는 모습과 크게 다르지 않고 상당 부분 닮았다. 꼬마 시절 동네 친구들과 왁자지껄 어울리기보다 공상하며 보내는 편이 좋았고, 이야기를 만들어 인형으로 역할극을 하며 놀거나 책을 읽으면 즐거웠다. 그때부터 지금까지 신이 주신 가장 멋진 선물인 상상력에 기대어 현실로부터 도피한다. 내가 머물고 싶은 이상향을 꿈꾸거나, 지금 내게 스트레스나 상처 주는 사람이 없는 앞으로의 삶을 그리며 상상 치료를 만끽한다. 한 가지 주제가 유독 꾸준히 상상력 도마 위로 오르면 내가 지금 사로잡힌 문제가 바로 그것임을 눈치챈다. 현실의 내가 상상 속의 나를 꺼내주어야 할 때, 미몽에서 깨어나 아침을 시작하는 방법은 언제나 따뜻한 온기를 품고 있는 물 한 잔이다.

매일 아침 가장 먼저 하는 부엌일은 건조대에 말려 둔 지난 저녁 설거지한 그릇 정리. 그다음 오늘 마실 일용할 물을 끓인다. 식수는 생수를 사지 않고 끓여 마신 지 5년이 훌쩍 넘는다. 처음에는 보리차로 시작했다가 고소한 향이 좋아 바꿔본 우엉차, 언니가 끓여 먹으렴 하고 한 주먹 싸준 결명자차. 브리타 정수기에 수돗물을 받아 물을 한 번 정수하고, 이미 구릿빛으로 변해버린 돈데크만(만화 〈시간탐험대〉에 나왔던 주전자 모양의 타임머신) 같은 주전자에 담는다. 그날그날 내키는 대로 말린 우엉이나 결명자를 조금 넣고 물을 끓인다. 얼마 지나지 않아 주전자가 뿜어낸 수증기에 집 안이 온기로 가득 찬다. 겨울엔 공기가 훈훈하게 데워져 더할 나위 없이 좋고, 여름엔 덥지만 못 참을 정도는 아닌 익숙한 아침의 시작이다.

물을 끓인 후에 냉장고가 아닌 보온병에 담는다. 건강하게 살려고 따뜻한 온도로 물을 마신다. 잠을 깨우고자 냉장고에 들어 있는 차가운 물을 마시다 목의 얼얼함을 느껴보기도 했고, 급하게 찬물을 많이 마셔 배가 스르르 아파지면 배를 슬슬 쓸어주기도 했지만, 몸이 덥거나 화가 나 답답할 때 속 시원한 냉수 한 사발의 맛을 아는 나로서는 미지근하거나 따뜻한 물을 마시는 습관을 들이는 게 절대 쉽지 않았다. 그런데도 체온 유지가 몸에 중요한 문제이고, 체온이 따뜻해야 좋은 컨디션으로 살 수 있다면 조금씩 미지근한 혹은 상온의 물에 적응해보기로 했다. 중국 현지에서 한국식 중국 음식을 파는 에피소드를 방영했던 〈현지에서 먹힐까〉 예능을 본 적 있다. 정말 더운 날씨에도 이연복 셰프 팀이 준비한 차가운 생수를 중국 사람들이 외면해서 흥미로웠는데, 중국인들은 냉수를 마시지 않는다고 한다. '일상다반사日常茶飯事'라는 말이 생겨날 정도로 따뜻한 차를 일상적으로 마시는 그들은 차가운 물은 몸을 냉하게 만들어 건강을 해친다고 여긴다.

그날은 무척 더웠다. 초등학생 때 동네슈퍼에서 산 차가운 음료수를 작열하는 태양 아래서 급하게 들이켜다 배탈이 크게 난 적이 있다. 뜨거운 물체에 찬물을 부으면 온도가 급격히 내려가면서 수축하는데, 우리 몸도 급하게 찬물이 들어오면 위장 부위 혈관이 수축하면서 경련을 일으킨다고 한다. 겉은 여름 태양에 구워지고, 속은 냉했던 탓에 배앓이를 심하게 했던 날이었다. 탈이 난 내 배를 치유했던 건 엄마가 끓여 두신 따뜻한 보리차. 그런 기억 탓인지 지금도 배탈이 날 때 마시는 보리차는 어린 시절 엄마가 배를 손으로 문질러주며 '엄마 손은 약손' 하던 손길을 닮았다.

겨울에 얼어 죽어도 아이스 아메리카노라는 '얼죽아' 사람들 틈엔 낄 수 없는, 체온과 비슷한 온도가 좋아진 지금. 편의점에서 산 생수는 냉장고에서 꺼낸 뒤 어느 정도 냉기가 가신 뒤에야 마실 만큼 의식적으로 차가운 온도를 조심한다. 몸이 좋아하는 적절한 온도는 누구나 다를 테지만, 찬물 샤워는 어느 계절에도 할 수 없고 한여름에도 지나치게 차가운 물은 마시지 않으려 의식하는 나는 겨울에는 발에 모직 양말을 신고, 손에는 장갑을 끼어야 안심이다. 여름에 태어나서 더위를 잘 견디는 편이라고 믿지만, 등에 땀은 곧잘 흐른다. 그러고 보면 적절한 온도란 결국 적응의 문제였던 걸까. 오늘도 손바닥을 따스하게 데우는 컵 온도가 마음에 든다.

혼자의 가정식

부엌과 친해지는
매일 보리차 끓이기

살림의 리듬을 잃지 않고, 게을러지지 않는 훈련으로
물 끓여 마시기는 도움이 된다.
부엌에서 매일 몸을 움직인다는 자체가
부엌이 익숙한 공간이 될 수 있는 기회다.

재료

정수기로 걸러낸 물 2L(주전자 크기에 맞췄다), 곡물 보리차

만드는법

1 주전자에 물을 채우고 곡물 보리차 티스푼 2회 분량을 같이 넣어 끓인다. (참고로 티백은 물이 끓은 뒤에 넣어야 한다. 다만 쓰레기 처분이 번거로우므로 곡류 등을 그대로 말린 차를 사용하는 걸 추천한다. 비용 측면에서도 훨씬 절약된다.)

2 물이 펄펄 끓으면 중간불 정도로 2분간 더 끓이면 진하게 우릴 수 있다. 너무 오래 끓이면 물이 써질 수 있으니 주의.

3 적당히 식은 보리차를 보온병에 담아 보관한다.

식사로 먹는
예쁜 사과

사과는 내게 식사용 과일로 아침에만 먹는다. '뽀얗고 말간 피부를 갖고 싶어.' 내 마음속 아름다운 사람이 되고 싶다는 욕망이 사과를 고른다. 사과의 맛을 즐겨서가 아닌 정말 예뻐지기 위해서 먹는 식사. 잊지 않고 얼굴에 찾아오는 아픈 뽀루지 몇 개는 사라지고, 뽀루지를 앓고 나면 남는 얼룩덜룩한 자국이 깨끗이 없어지길. 대신 생기 있고 건강한 피부를 원하는 바람을 사과에 싣는다. 사과가 만능 미용 식품은 아닐 테지만, 내가 사과를 챙겨 먹는 이유는 그런 기대감 때문이다.

나를 단순하지만 우아한 삶으로 이끌어줬던 책 『심플하게 산다』의 저자 도미니크 로로는 책에서 마법의 식초 레시피를 소개했다. 매일 아침 일어나자마자 꿀 1티스푼과 사과 식초 1스푼을 따뜻하거나 차가운 물에 타서 마시는 방법인데, 식초는 사과와 같은 특성이 있어 독소를 분해하고 몸을 유연하게 만들어 준다고 했다. 그 당시 마시는 식초에 대한 개념도 생소했던지라 '식초를 물에!' 하며 놀라워했지만 책에 나오는 방법을 실천해보는 게 취미였기에 시도해보기로 했다. 이탈리아산 사과 식초를 물에 타서 꿀을 넣어 마셨는데 아침 빈속에 들이켜기에는 거북스럽고, 아무리 물에 탄 식초여도 목구멍이 타들어 가는 듯 괴로워 내 입맛에는 도무지 적응 불가. 〈슈렉〉의 피오나 공주처럼 마법에 걸린 후로 외모가 바뀐다 해도 결코 매일 할 수 없었다. 글의 문맥을 다시 파악해보면, 식초는 사과와 같은 특성을 지녔다고 쓰여 있다. 그렇다면 번거롭게 마법의 약물을 만들기보다 심플하게 사과를 먹으면 될 일이다. 식이섬유도 같이 먹을 수 있으니 일거양득.

아침에 먹는 사과는 금사과라 하고, 매일 사과 하나면 의사가 필요 없다는 말도 있다. 사과의 유기산이 소화를 돕는데, 속이 쓰릴 수 있으므로 늦은 밤에는 먹지 말라고 한다. 하지만 다른 신맛 강한 과일에도 소화를 돕는 산은 있고, 껍질이 붉은 채소 역시 사과처럼 안토시아닌이라는 항산화 물질이 있다. 미용에 좋은 요소들이 많은 과채류는 얼마든지 있다. 그런데 유독 사과는 아름다움과 연결된다. 독일 화가 루카스 크라나흐의 회화 작품 〈아담과 이브〉는 성경에 나오는 선악과를 사과로 표현

해 인류가 원죄를 지을 만큼 매혹적인 과일로 만들었다. 트로이 전쟁의 원인이 된 세 여신에게 불화를 일으켰던 가장 아름다운 사람이 주인인 황금 사과 이야기, 그리고 백설 공주가 낯선 마녀가 준 독이 든 사과를 의심 없이 먹고 쓰러지게 만든 매력을 질리도록 들어서 내 머릿속에 사과는 미에 대한 갈망과 욕망이 응축된 과일이 된다.

　사과를 껍질째 먹기 위해 전날 베이킹소다로 잘 씻고 닦아둔 사과를 반만 자른다. 비싼 사과일수록 알이 크고 굵다. 하지만 나는 내 주먹만 한 크기의 사과가 마음에 든다. 작은 사과는 반으로 자를 필요 없이 한번에 다 먹을 수 있고 왠지 옹골찬 기운이 야무지다. 지나치게 새콤한 사과는 싫고 역시 달콤새콤한 쪽이면 만족. 사과는 가을에 나는 과일이다. 늦여름 무렵 등장하는 아오리 사과도 아삭아삭하지만, 10월 정도에 맛보는 사과는 꿀이라도 들었는지 한 입 베어 물면 단물이 흐른다. 향마저 취할 정도로 달콤하다. 단, 가을에만. 그 외의 계절에 먹는 저장된 부사들은 수분이 빠져나가 푸석푸석하고 맛이 없을 확률이 높다. 사과를 미용식으로 여기기 전까지 무식하게도 사과는 일 년 내내 재배되나 막연히 생각했다. 그만큼 사과는 계절에 상관없이 언제나 팔고 있었다. 다만 그런 사과는 대부분 제철 사과보다 맛이 덜해서 문제. 영양이 차오른 사과를 기다리며 한여름에는 잠시 사과 휴식기를 갖는다.

사과는 전능한 구석도 있다. 다른 과일들과 함께 보관하면 사과가 내뿜는 에틸렌 가스 덕분에 다른 과일을 노화, 좋게 말하면 후숙시킨다. 덜 익은 망고, 아보카도, 바나나가 있다면 사과와 함께 두면 홀로 있을 때보다 더 빨리 후숙된다. 그래서 다른 과일이 빨리 물러지지 않도록 사과의 자리는 늘 서늘한 곳에 도도하게 언제나 혼자이다.

사과는 내가 사랑하는 과일 중 다섯 손가락 안에도 끼지 못한다. 미용 식사라서 사과다. 사과를 의무적으로 챙겨 먹을 정도로 나는 예뻐지고 싶지만, 그건 다른 사람들의 평가와는 상관없는 문제이길 바란다. 건강한 피부 상태를 가져 내가 매력적이라고 느껴질 때 기분 좋다. 꼭 집어 사과가 내 피부를 좋게 만들어준다고 믿기는 어렵지만, 대부분 피부 날씨는 맑은 편이니 어쩌면 사과의 힘이 조금은 들어갔을지도. 스무 살 무렵부터 나를 잘 알지 못하는 사람들의 눈에 예뻐 보이는 사람이 되고 싶었다. 꾸밈에 분명 자기만족도 있었지만, 그보다는 남들 눈에 더 예뻐 보였으면 했던 때. 멋진 외모는 분명 자산이고 외모가 특출난 사람이 실제로 더 나은 대우를 받는 모습을 옆에서 지켜보고 자랐다. 그러니 외모 가꾸기에 집착했던 시기는 지독히 자연스러운 성장 과정이었다. 지금은 세상에 백 명의 사람이 있다면 백 가지의 각기 다른 아름다움이 있다는 걸 안다. 더는 절대적인 미의 기준이 있다고 믿지 않지만, 나이와 관계없이 건강함이 느껴지는 외모는 싱그럽다. 이제 나는 나에게 잘 보이고 싶다. 편안하고 깨끗하게 관리된 외모는 나를 존중하는 일이라서. 주름은 막을 수 없지만, 건조해서 튼 피부가 편할 리 없으니 부지런히 나를 가꾸는 관리를 한다. 나는 그 누구보다 가장 많이 내 얼굴을 보고 산다. 그런 내게 자신의 외모를 마주하고 연민이 갈 만큼 부정적으로 여기지 말라고, 살아가면서 늘 예쁘고 밝은 일만 있으라는 마음으로 사과를 식사에 올린다.

애플토스트

애플파이가 먹고 싶은데
동네 제과점에 애플쨈 파이밖에 없고,
사과와 시나몬의 조합이 그리울 때
간단하게 만들 수 있는 상큼한 애플토스트.

재료

식빵 1장, 버터 한 조각, 사과 반쪽, 시나몬이 들어간 그래놀라 또
는 그냥 시나몬 가루, 꿀 약간

만드는법

1 달궈진 팬에 버터를 녹인 뒤 식빵을 굽는다.

2 사과를 얇게 슬라이스로 썰어준다.

3 뜨거운 버터 식빵 위에 신선한 사과를 올리고 시나몬 가루 또
   는 시나몬이 들어간 그래놀라와 꿀을 살짝 뿌려 마무리한다.

작가의
패스트푸드

여러 직업을 가져보는 건 늘 즐겁다. 새로운 일, 안 해본 일. 그때마다 내 머릿속에는 '이 모든 경험은 글을 쓸 때 도움이 될 거 같아.'라는 생각이 스쳐 지나간다. 경험에서 얻은 여러 지식, 감정, 사람을 재산으로 가지고 글을 쓰는 토양으로 삼는다. 작은 잡지사의 기자로 사회생활을 시작해 홍보·마케팅 분야에서 더 오랜 경력을 쌓아가고 있는 틈틈이 작가로 살아간다. 그런데 그 시기가 절묘하다. 무리해서 일하다 몸이 아파 쉬었던 시기 등 여러 사정이 생겨 회사를 나와야 했던 시점과 맞물려 출간의 기회가 찾아왔다. 신은 단 한순간의 방황이나 게으름도 허락지 않으시겠다는 듯 '놀지 말고 끊임없이 정진하거라.' 하시며 일거리를 내려주셨다. 퇴사 후 글 쓰는 일에 전념하는 생활을 하다 보면 점점 전업 작가로서의 삶을 갈망해보기도 하지만, 책

『작가의 수지』의 모리 히로시 작가처럼 한때 1개월에 한 권이라는 집필 속도로 창작의 샘이 마르지 않는 듯 소설을 쓰고 충분히 팔리는 글을 쓰는 게 아니라면 어렵다. 그래서 짧은 기간 집중해 원고를 마치면 다시 회사로 돌아가다 보니 프란츠 카프카 같은 위대한 문호가 낮에는 직장생활을 하고 밤에 원고를 썼다는 점에 내 사정을 빗대기보다 거의 퇴사 후 책을 집필하게 되는 징크스 혹은 패턴 덕분에 가난에 시달리는 폴 오스터의 『빵 굽는 타자기』쪽이다.

최소 생활비로 연명하며, 사치 따위는 꿈도 꿀 수 없는 시기지만 먹는 건 제대로 챙겨야 버틸 수 있다. 집에서 일할 때면 아침 8시에 작업실 방으로 출근해 점심은 12시부터 1시까지, 저녁 6시까지만 일을 하는 회사 인간의 버릇 그대로 일한다. 어떤 날에는 원고가 잘 풀려 이 리듬을 놓치고 싶지 않아 자발적 야근을 하는데, 내가 원해서 몰입했던지라 몸은 피로해도 뿌듯함만 남는다. 원고가 잘 풀리는 날 작가 인간은 생각한다. '식사를 만드는 시간조차 흐름이 끊기니 아끼고 싶다.' 하지만 나는 배가 고프고 건강하게 먹어야 체력을 유지해 계속 쓸 수 있다. 역시 귀찮더라도 식사는 만들어 먹어야지. 간단하고 건강한 새참을 떠올리면 늘 등장하는 오픈 샌드위치. 순식간에 만들지만, 영양은 충분하고, 먹고 나서 설거지할 그릇도 하나뿐. 손으로 들고 먹으니 포크조차 씻을 일이 없다.

곡물 또는 올리브 식빵 두 개를 꺼낸다. 식빵 위에 슬라이스 치즈를 얹고, 집에 있는 토마토나 아보카도를 잘라 올리고 베이비 루꼴라를 위에 살짝 얹은 다음 올리브오일과 소금을 뿌려 마무리. 별다른 조리 없이 금세 먹음직스러운 샌드위치가 완성된다. 가끔 형편껏 훈제 연어를 치즈 위에 추가로 얹는 호기로움을 부린다. 오픈 샌드위치를 위해 필요한 재료는 역시 치즈다. 빵 위에 치즈를 깔아주면 채소의 수분이 빵에 스며들 일이 없으니 치즈가 방패 역할을 하고 무엇보다 양질의 단백질 보충원이다. 게다가 오픈 샌드위치에 홍차 한 잔을 곁들이면 이게 바로 노동자를 위한 하이티high tea(영국 노동자들이 하루를 마치고 집으로 돌아와 홍차와 함께했던 식사에서 유래된 말). 가볍게 먹었지만 든든한 가정식 패스트푸드인 오픈 샌드위치 힘으로 원고를 계속 쓴다.

혹자는 늘 일하는 나에게 어떤 순간에도 배 굶고 살 일은 없는 좋은 팔자라고 덕담해줬지만, 어느 하나 고되지 않은 일은 없기에 그 시간은 꽤 혹독하다. 내보일 수 있는 글을 쓰려면 엉덩이 힘으로 버티며 자꾸 문장에 사포질해 매끄럽게 고쳐 나가야 하는데 엉덩이 힘이야 후천적으로 훈련한 성실함으로 키울 수 있다지만, 아무리 노력해도 단 한 줄도 완성할 수 없는 날이 가장 고통스럽다. 창작의 고통이라는 뻔한 말이 이해될 때의 심정은 아홉 명의 뮤즈들이 귀에 속삭이는 시를 받아쓰는 고대

혼자의 가정식

그리스 작가가 나였음 하고 바란다. 유달리 한 줄도 완성하기 어려운 날. 무엇을 써야 할지 막막한 날은 내가 글 앞에서 숨어 있는 날이다. 나를 포장하려 들고, 감추려 들 때 나는 단 한 걸음도 나아가지 못했다. 이럴 땐 개방적인 성격으로 둘째가라면 서러운 오픈 샌드위치를 닮았으면 좋으련만. 빵을 뚜껑처럼 덮어 상상의 여지만 잔뜩 남긴 그런 샌드위치가 아닌, 나는 이런 샌드위치! 하는 모양새로 빵 위에 무엇을 얹어 놓아도 한눈에 '아, 연어 아보카도 샌드위치군', '토마토 치즈 샌드위치로군' 하며 자신의 정체성을 바로 드러내는, 도무지 경계심이라곤 모르는 성격. 그래서 누구에게나 훅 다가가는 그런 음식이 가진 성향 말이다.

사람은 사회적으로 요구된 여러 가면(페르소나)을 쓰고 연극무대에 선 배우라지만, 페르소나persona 뒤의 에고ego를 내보이는 작업이 나의 글쓰기가 될 때 비로소 문장이 완성된다. 물론 가면 뒤의 민낯인 에고마저 늘 변한다. 한결같이 흐르는 강물도 실상 어제와 같은 물이 아닐 테니 사람이 변하는 건 당연한 이치다. 성찰을 거듭하고, 변화하여 앞으로 나아가지만, 영원한 완성은 없다. 그런 과정에 있는 찰나의 나를 만난 사람들에게서 듣는 두 가지 평가. 실제 생활에서 만난 사람과 글로 만난 사람 사이에서 듣는 평의 간극은 내가 계속 글을 쓰는 이유를 이해하게 한다. 숨 쉬는 인간 온전체로 나를 만난 사람은 내가 자신을 그대로 드러내 보이지 않고 일정 부분 선을 그어 놓고 넘어오지 못하도록 경계한다고 평한다. 그래서 나와 더 가까워지고 싶었던 몇몇 사람은 거부당했다며 화를 내기도 한다. 하지만 글, 내 생각으로 만난 사람은 해파리도 이렇게 투명한 해파리가 없다며 나와 초면임에도 불구, 자신의 속내마저 수줍게 내보인다. 상반된 두 모습 모두 오롯이 나다. 사람은 여러 특성을 가지고 존재하지만, 매체 혹은 매개체에 따라 발현되는 모습이 다르다. 이 부분이 심리학자들이 연극무대에 선 배우라 표현하는 지점 아닐지. 나의 일부분에 불과한 이야기지만 글에서만큼은 내가 바라보는 세상, 지금 느끼는 감정, 앞날의 두려움과 불안까지 모두 드러낸다. 회사 일에 매몰되어 있을 때는 나 자신을 들여다볼 여유가 없다. 그런데 매여 있는 일에서 잠시 벗어나면 홀로 수양이라도 하는 사람처럼 비로소 나를 마주 볼 수 있다. 그런 성찰의 시간이기에 확실히 보장되는 생계를 잠시 내팽개쳐두고 몰입해 글을 쓰는 시간을 선택했다. 잠시 작가 인간으로 살기로 하는, 셈과는 관계없는 선택. 신이 내린 운명이나 징크스가 아닌, 나의 의지였음을 이 문장을 마무리하며 문득 알아챈다.

토마토 치즈 오픈 샌드위치

한때 집에서 일을 하면 리듬을 놓치지 않고자 햄버거 배달을 시키곤 했다.

그럴 때면 마치 야근할 때 단체로 고르는 메뉴 같아서

내가 집에서까지 햄버거를 먹으며 일을! 하며 침울해했다.

그런데 오픈 샌드위치를 만들게 되자, 일이 나를 위한 창작 작업이라 여겨진다.

어떤 이유로 마음가짐이 달라지는지 모르겠다.

게다가 배달 주문을 넣고 기다리는 시간보다 훨씬 빠르며

무엇보다 건강한 식사라 마음에 든다.

재료

곡물 식빵 1장, 슬라이스 치즈 1장, 토마토 반 개, 베이비 루꼴라
약간, 올리브 오일, 트뤼프 소금 또는 유자 소금 약간(없다면 일반
소금)

만드는 법

1 곡물 식빵을 깐다.

2 식빵 위에 슬라이스 치즈를 얹는다.

3 토마토를 약간 두껍게 슬라이스로 썰어 치즈 위에 얹는다.

4 씻어낸 베이비 루꼴라를 가장 위에 얹고 올리브 오일 약간 흩
  뿌리고 소금 살짝 뿌린다.

의욕적인
대충 김밥

엄마, 새벽에 부산하게 움직이는 소리에 눈을 떠보면
엄마가 김밥을 싸고 있었어요.
그날은 내가 소풍 가는 날이었고, 집에 참기름 냄새가 났고……
아차, 그때 우리 집에서 키우던 강아지 '지킴이'가
달걀물을 훔쳐 먹은 게 발각되어 혼이 나기도 했죠.
엄마가 김밥을 썰어 도시락통에 담기 시작하면
엄마 옆에서 김밥 꽁다리 얻어먹는 게 정말 맛있었어요.
소풍 가서 나는 다른 거 눈에 하나도 안 들어와요.
가방에 엄마가 챙겨준 김밥 도시락 먹고 싶어서
그 생각으로 머릿속이 가득하거든.

김밥 하면 자동 완성으로 엄마가 떠오른다. 엄마가 싸준 김밥을 언제 마지막으로 먹어보았나 기억을 더듬다 보니 정말 까마득하게 어린 내가 생각난다. 그리고 지금은 곧 아침이 올 새벽. 나는 김밥을 싼다. 쓸데없이 피곤하게 산다는 말을 곧잘 듣는 내가 새롭게 시작한 새벽 5시 반 기상 습관 들이기 실천 중인데, 김밥의 날엔 6시쯤 일어났다. 갑자기 웬 김밥일까? 특별한 일이 있냐면 전혀 아니다. 그저 회사 점심 도시락이 김밥이다.

고슬고슬하게 갓 지은 밥을 주걱으로 잘 휘저어 잠시 식히고, 참기름 약간과 소금 간 살짝, 그리고 깨를 넣어 섞는다. 김밥 발 위에 김, 그 위에 간을 한 밥을 깔고 달걀, 우엉과 단무지, 당근, 햄을 넣고 돌돌 말면 어느새 완성. 과정 자체는 간단해 보이나 은근 손이 많이 가고 어려운 음식이다. 전날 미리 싸 놓을 수 없는 철저히 '라이브'를 요구한다는 점도 부지런함이 필요하고. 소풍 가는 날 아이는 설레도 엄마는 새벽에 일어나서 김밥을 싸야 했으니 보통 고되신 게 아니셨을 거다. 그렇다면 나는 왜 새벽에 김밥을 말고 있는 건가. 소풍 가는 기분으로 회사에 가고 싶어서…는 말도 안 된다. 한겨울이었고, 그냥 그날은 새벽에 일찍 일어났는데 계획했던 대로 공부할 의욕이 들지 않아 가볍게 몸을 쓰며 잠을 깨고 싶었다. 김밥을 여러 줄 말았으면 노동이겠으나 일 인분은 손을 조물조물 움직이면 금방 만든다. 나는 언제나 사 먹는 김밥 대신 간이 짜지 않고, 한 입에 넣기 딱 좋은 엄마가 어릴 적 싸준 김밥을 내 손으로 만들어보고 싶었다. 김밥 재료라고 해봤자 단무지와 우엉만 새로 장만했고 나머지는 모두 냉장고에 있던 재료를 활용하기로 했다. 그렇게 내게 의욕이 생길 날을 기다렸는데, 새벽에 일찍 일어난 바로 그날 김밥이 먹고 싶었다. 그래, 그 정도면 뜬금없이 새벽에 일어나 김밥을 말았다는 사유가 된다.

아무 이유 없이 번거로운 일을 하고 싶은 날이 있다. 평소 움직이는 걸음마다 효율을 계산하는 나라면 절대 하지 않았을 일들. 그냥 한번 해볼까 도전하는 날이다. 나는 그런 날을 내가 건강하고 컨디션도 좋고, 무엇보다 에너지가 있다는 증거로 받아들인다. 머리로 계산하지 않고 마음을 다잡고 하는 게 아닌 몸이 저절로 움직일 때. 나는 그런 잉여로울 법한 움직임에 시간을 쓸 수 있는 몸 상태가 좋다. 그런 시간이 더 많길 원한다. 억지로 하지 않은 탓에 그 순간은 스트레스가 없다. 어쩌면 긍정적인 창조의 순간은 해내고자 하는 정신력보다 건강한 몸에서 자연스레 나오는 게 아닐까.

김밥은 즐겨 먹는 음식 중 하나지만, '절대 집에서 만들 수 없어, 시간 잡아먹고 무척 번거롭다고.' 하며 늘 사 먹었다. 사 먹는 김밥이 짜고, 크다는 이유로 시작한 홈메이드 김밥. 요리에 자신감이 붙었다기보다 김밥집에서 파는 모양대로 완벽하게 김밥을 만들 욕심이 없어서 의욕이 생긴다. 재료도 냉장고에 있는 걸로 대충 준비. 김밥에 꼭 단무지를 넣어 말아야만 김밥인가. 짭조름한 명란과 베이비채소, 그리고 아보카도를 넣고 말아도 김밥이고 매콤한 떡볶이에 곁들일 땐 오이와 달걀만 넣은 심심한 김밥도 잘 어울린다. 틀에서 벗어나 김밥을 만들다 보니 만드는 부담이 줄고, 오히려 이렇게 김밥을 말면 어떤 맛이 날까 기대하면서 자유롭게 김밥을 만든다.

  김밥은 가지고 있는 재료 중 무엇을 넣고 말아도 맛있다. 그건 김의 마법일까, 밥이 주는 매력일까 생각하다가도 이 모든 조화로움이 남긴 유산이라고 결론 내린다. 냉장고 속 식재료를 몽땅 활용할 수 있는 김밥. 김밥용 김이 없으면 일반 김으로도 김밥을 만다. 얇은 김 탓에 흰밥이 조금씩 보이고, 김밥 옆구리가 터질까 봐 아슬아슬하게 김밥을 썰지만 그건 또 그 나름대로 맛이 있다. 육첩반상 차리기 싫은 날엔 대충 말은 김밥. 모양이 예쁘면 더욱더 먹음직스럽겠지만, 못난 모양도 맛있다. 물론 여럿이 함께 피크닉을 간다면 잔뜩 기합을 넣고 알록달록한 김밥을 싸서 감탄 어린 눈길을 받고 싶기도 하다. 하지만 그런 날은 그런 날이고, 혼자서 내 맘대로 김밥을 싸 먹는 즐거움은 또 다르다.

아보카도 명란 김밥

김밥이 먹고 싶은데 사러 나가긴 귀찮고
집에 김밥용은 아니지만 넓직한 김이 있다면
아주 간단하게 김밥을 만들어보는 것도 좋다.
김에 싸 먹는 밥과 김밥의 차이는 딱 하나.
밥에 간을 했는지다. 그런 접근 방식으로 단무지가 없어도
냉장고에 있는 재료를 활용해 김밥을 만든다.

재료

김 1장, 밥 2/3 공기, 달걀 1개, 아보카도, 명란, 베이비채소, 참기름
과 소금, 깨 약간

만드는 법

1 따뜻한 밥에 참기름과 소금, 깨를 넣어 섞어준다. 뜨거운 밥을
   김에 올리면 김이 쪼그라든다. 밥의 온도가 미지근해질 때까지
   식힌다.
2 계란은 계란말이 하듯 두껍게 부친다.
3 아보카도는 최대한 길쭉하게 썬다. 베이비채소는 썻은 뒤 체에
   받쳐 물기를 뺀다.
4 김발 위에 김을 올리고 양념한 밥을 대충 넓게 깔고 모든 재료
   를 김 끝에 가지런히 얹은 다음 돌돌돌 말아준다.

스태미나의
모험

"기운이 모자라. 아무래도 산낙지 한 접시 먹어야겠어."

연이은 업무에 피곤이 밀려온다. 뜨악한 눈으로 쳐다보는 직장 동료는 산낙지를 먹을 수 있냐며 놀라워했지만, 육류는 전문 분야가 아니나 해산물만큼은 가리는 게 없는 나로선 꿈틀거리는 낙지를 기름장에 찍어 먹는 것쯤 대수랴. 없어서 못 먹는걸. 피곤을 풀고 기력을 보충하기 위해 먹는 음료 중에 타우린이 함유된 제품이 많다. 피로 해소를 돕는 물질로 알려진 타우린은 해산물에 풍부하게 들어 있는데, 평소 해산물 위주로 먹는데도 피곤할 때면 유독 산낙지가 먹고 싶다. 그 꿈틀거리는 모양새에 치솟는 생명력이라도 느끼는지 특별한 스태미나식 같다.

스태미나를 높여준다는 음식은 유독 낯설다. 일상식과 동떨어진 느낌일수록 스태미나 음식이다. 민간요법으로 언니의 출산 후 모유 수유를 돕는다며 힘센 가물치를 고아 먹였던 엄마(전문가들은 산모에게 가물치를 적극 권장하진 않는다!), 일본에서 자라 요리(스폰)를 먹는다는 말에 '자라? 용봉탕의 그 자라!'처럼. 하지만 가장 대중적인 기력 충전 음식은 아무래도 닭이다. 사람들은 복날이 오면 닭과 인삼, 찹쌀, 대추의 조화로움을 찾아 삼계탕 가게마다 문전성시를 이루지만, 가금류와 거리가 먼 내게 닭요리는 아니다. 건강하게 먹고 살겠다 다짐하며 살지만, 비위까지 고치기는 어려워 여태 삼계탕 한 번 입에 대본 적이 없다. 나만의 스태미나식은 역시 바다에 있다. 한여름이 제철인 전복이 바로 보양식이다.

자연산 전복은 본래 귀하지만, 양식이 늘자 슈퍼마켓에서 쉽게 구할 수 있게 되었다. 여름철 스태미나 보충을 위해 집에서 전복을 손질해 요리하겠다고 전복 몇 마리를 샀다. 그리고 전복을 손질하다 눈물 콧물 빼며 울게 된다. 분명 물기라곤 찾아볼 수 없이 스티로폼 접시 안에 얌전히 놓여 랩으로 덮고 있던 전복은 냉장고에 하루 더 체류했다. 당연히 죽었을 거라 생각했는데, 죽은 척하고 있다가 물이 닿자마자 기세 좋게 움직이기 시작. 게다가 전복에 '이'가 있고 이걸 제거해야 한다는 생각에 사로잡히자 '이로 물 거야. 무서워'에서 얼음이 되어버렸다.

고무장갑을 꼈다 해도 공포는 고무장갑을 뚫고 스민다. 그냥 산 채로 '삶고'(잔인하지만) 손질해도 되었을 텐데 공포에 이성이 마비되었던지라 냉동실에 전복을 얼려버렸다. 그 후 집을 방문한 오빠 손에 전복을 들려 보내고 나서야 괴물 같은 전복과의 싸움이 끝났다고 안도의 한숨을 내쉴 수 있었다. 스태미나 음식은 역시 쉽지 않다.

나를 깨물지 않을 채소가 전복보다 손질하기 쉬워 보인다. 몸에 기력이 달리면 더덕이 먹고 싶다. 더덕도 삼처럼 쌉싸름하며 면역력을 높여준다는 사포닌을 함유하고 있기 때문. 고기처럼 육질이 느껴지는 식감과 향이 고급스러운데, 뻣뻣하여 식재료로 쓰려면 껍질을 벗긴 다음에 두드리고 결대로 먹기 좋게 찢어야 한다. 더덕구이는 외식으로만 먹어봤기에 더덕 한 번 손질해본 적 없던 무지한 나는 병에서 회복하던 시기에 부모님께 더덕이 먹고 싶다는 망발을 하게 되었다. 그리고 연로하신 아빠가 더덕을 두드리는 모습을 보고 '대체 내가 무슨 음식을 먹고 싶다고 한 거냐.' 하며 자책은 잠깐, 허리가 꼿꼿하고 몇 시간 산을 타도 끄떡없는 노년의 아빠가 나보다 훨씬 더 기력이 넘친다는 사실 앞에서 어쩐지 숙연해졌다. 체력과 나이는 반드시 비례하지 않는다.

만나는 사람마다 "나보다 체력 안 좋은 사람 처음 봤어."라고 할 만큼 비실거렸던 나는 날 때부터 웬만한 유행병은 다 걸렸으니 원래 허약하다는 가설을 세워두고 나를 옹호했다. 나에게 태생이란 면죄부를 주는 비겁함 뒤에 탄수화물과 설탕 범벅인 음식을 주로 먹고, 운동을 싫어하는 생활습관이 있음을 모르지 않았다. 마음을 고쳐먹고 운동을 할수록 몸은 점점 강해졌다. 스태미나 음식에 눈을 반짝이지 않아도 영양가 있는 식사로 잘 챙겨 먹고 운동하면 된다는 단순한 사실을 실천하니 생활 체력이 올라간다. 물론 철인 3종 경기나 마라톤에 욕심낼 만큼은 아니고. 그저 등산 초창기에 15분 만에 에너지가 고갈되고, 다리에 힘이 풀렸는데 등산을 꾸준히 할수록 오래 산을 탈 수 있는 정도다. 내가 가진 몸 상태에 맞춰 조금씩 체력을 저금하고 있는 지금, 문득 '방망이 깎던 노인'처럼 섬세하지만, 힘 있게 더덕을 두드리던 아빠의 손길에서 노년에 활력을 갖고 살아가는 자유를 알게 된다. 내게 필요한 스태미나, 체력의 미래를 발견한다.

버터구이 전복 도시락

복날이 왔다. 회사 동료 혹은 친구들이
삼계탕 맛집을 알아보고 있을 때 도시락 생활자는
슬쩍 버터에 구운 전복을 얹은 도시락을 떠올린다.
어디까지나 나의 상상. 내가 만약 살아 있는
전복을 손질할 수 있다면,
복날에는 전복을 얹은 도시락을 먹겠다.

재 료

전복 중간 크기 4미(이미 손질된 건전복을 활용했다), 버터, 소금,
잡곡밥(간장 약간으로 조미한다), 무순

만드는 법

1 잘 손질한 전복을 벌집 모양으로 칼집을 낸다.

2 뜨거운 팬에 버터를 녹이고 전복을 2분 내외로 굽는다.

3 간장으로 살짝 간한 잡곡밥을 도시락에 담고 버터구이 전복을
   올린다.

4 전복에 소금을 살짝 뿌리고 무순을 곁들인다.

메말라도
괜찮습니다

자주 먹지 않는 채소는 있어도 못 먹는 채소는 없다. 가끔 흙 맛을 느낄 만큼 땅의 기운을 고스란히 담고 있는 채소를 매일 먹어야 나는 살아갈 힘을 얻는다. 버섯처럼 지나치게 좋아해서 늘 두세 종류는 갖춰 두고 어디에든 넣어 먹고 싶은 편애하는 채소, 아니 엄밀히 말하면 균류도 있다. 이렇게 좋아하는 버섯은 생버섯보다 역시 말린 버섯이다. 물에 미리 불려야 한다는 번거로움을 이길 만큼 향이 어찌나 진한지 잘 말린 표고버섯이 가득 담긴 봉투를 열고 냄새를 맡으면 마치 산에 온 듯하다. 부엌에서 경험하는 아로마테라피다. 레몬을 자를 때 싱그러운 시트러스 향이 저절로 미소 짓게 만들 때처럼 말린 표고버섯은 생표고버섯이 흉내 내기 어려운 산의 '떼루아르Terroir(와인에서 토양의 향이 느껴진다고 표현할 때처럼 포도가 재배되는 전반적인 환경을 뜻함)'가 넘친다. 향뿐 아니라 말린 버섯에는 영양도 가득하다. 우리를 〈노트르담의 꼽추〉 콰지모도처럼 되지 않도록 구루병을 예방하는 비타민 D는 버섯에 풍부하게 들어 있다. 대부분 비타민 D는 햇볕을 통해 얻지만, 부족할 경우 음식의 도움이 필요하다. 말린 표고버섯에는 생표고보다 비타민 D가 7배 넘게 들어 있다니 보관하기 편하고 향이 좋아 음식의 감칠맛을 더하는 말린 표고를 사랑하지 않을 수 없다.

내가 즐기는 말린 채소 중에 시래기를 빼놓으면 섭섭하다. 선조들은 겨울 식량을 준비하면서 무청을 바람에 말렸다. 겨우내 배고픔을 이기고자 만든 시래기는 가난한 이에게 좋은 영양 공급원이 되었다고 한다. 말린 채소는 수분이 빠져나가는 과정에서 영양소가 밀도 있게 들어차게 되는데, 시래기 또한 비타민과 무기질 등이 응집된 영양식품. 한때 가난의 상징 시래기는 지금 그 대우가 완전히 달라졌다. 마치 건강식품처럼 사랑받으며 식탁에 오른다.

나는 부엌에서 꼬들꼬들 고집스레 말려진 시래기와 표고버섯을 물에 불릴 때면 언제 말라비틀어졌었나 싶을 만큼 생생하게 물이 오른 모습에 미소 짓곤 했다. 그 모습을 지켜보고 있노라면 설렘 세포가 바짝 메마른 나도 물을 만나면 다시 생기에 가득 차오르지 않을까 하는 생각이 든다. 아주 오래전 일본에서 온 표현인 '건어물녀干物女(히모노온나)'라는 말이 유행했다. 연애를 포기한 여성을 뜻하는 신조어로 일본 드라마 〈호타루의 빛〉에서 처음 등장했는데, 세련된 모습으로 직장에서 완벽하게 일 처리를 하지만 집에 돌아오면 늘어난 면티와 트레이닝 팬츠 차림에 맥주에 오징어를 안주 삼아 편안히 있는 미혼여성으로 주말에 피곤해 늘어져 잠만 자다 보니 연애 세포가 말라버렸다는 설정이다. 그 말이 유행하던 시기에 나도 마찬가지의 삶을 살며 버석하게 말라가고 있었다. 몸과 마음이 지칠 만큼 일에 매달렸고 늘 피곤했는데, 여러 유형의 사람들에게 시달리다 보니 주말이면 아무도 만나고 싶지 않았다. 여유가 조금도 없는 마음을 갖고 누군가를 사랑하는 건 불가능했다. 오히려 누군가를 덜 미워할 수 있도록 애를 써야 했을 만큼 인간관계에 깊은 환멸을 느꼈던 시기였다. 타인을 미워하는 감정은 가장 먼저 나를 괴롭히기에 내가 살려고 주말이면 내게 쌓인 나쁜 감정을 혼자서 해소하기에 바빴다.

사람 사이의 따뜻한 정과 설렘이 오가지 않으니 내가 바라보는 세상은 참으로 건조했다. 그때 나의 착각은 일 자체가 나의 좋은 기운을 몽땅 빼앗고 있다 여겼고, 일터를 벗어나면 괜찮아질 거라 생각했다는 점이다. 엄밀히 말하면 그 당시 나는 많은 일과 성과를 요구하는 주변 사람들의 압박을 다스리는 법을 알지 못했다. 그런 상황에서 찾은 출구는 정신건강을 지키

기 위한 꽃꽂이. 아름다움이 가져다주는 기쁨에 매달리며 '이 또한 지나가리.' 괜찮다고 나를 위로한 시간이다. 꽃이 선사하는 짧지만 훌륭한 위로는 찰나였기에 그 뒤로 한참을 메마른 상태로 지내기도 했다. 늘 손길을 받지 않으면 열대우림이 되어버리는 정원을 가꾸지 않는 한 화분이나 꽃은 일시적이다. 식물애호가가 아닌 이상 있으면 좋지만 없어도 괜찮을 수 있는. 하지만 요리는 다르다. 먹어야 살기에 끊임없이 반복해야 하는 일이고, 요리를 반복하는 횟수만큼 메마른 일상에 자주 생기를 불어넣을 수 있다. 건강한 몸에 건강한 정신이 깃든다는 말처럼 나는 요리를 하면서 마음에 작은 위로를 받았다. 꽃을 다루면서 느꼈던 자연의 향, 후각을 자극하는 행위가 깊은 위안이 될 때가 있다. 요리는 자연의 식재료를 다룰 때 맡게 되는 날것 그대로의 냄새, 특히 건조한 재료에서 더 강하게 맡을 수 있는 자연의 향이 주는 위로가 있다. 시간 효율을 생각하고, 영양을 고려하는 다분히 이성적인 계산으로 하는 요리에서마저도 내 손으로 만들어낸 음식이 주는 위안이다. 꽃꽂이를 반년 동안 배운 뒤 이제 집에 몇 송이의 꽃을 꽂는 게 전부지만 요리는 내게 평생 계속할 수 있는 자기 치유적 행위가 되었다.

꽃꽂이도 요리도 모두 근본적인 문제를 해결해주진 않는다. 실상 이토록 건조한 나를 구할 방법은 단 하나, 세상 모든 일은 마음먹기에 달렸다는 진부한 표현이 전부다. 모두에게 좋은 사람이 되기를 바라던 헛된 욕심을 내려놓고, 내게 에너지를 빼앗는 매사 부정적인 사람과 거리를 두는 과거의 방식에 더해 지금은 세상을 바라보는 눈을 하나 더 갖는 연습을 한다. 나를 중심에 두고 모든 걸 해석하기보다 전지적 작가 시점처럼 그 상황을 재구성하는 객관적 시선 갖기가 마음을 다스리는 훈련이다. 쉽지 않은 일이지만 필요한 연습. 『논어』에서 공자는 세 사람이 길을 가면 반드시 스승으로 삼을 사람이 있다고 말한다. 타인의 좋은 점은 배우고, 나쁜 점은 거울삼아 고치라고 한다. 내게 주어진 사람들과의 관계에서 오는 여러 상황이 배움과 깨달음을 위한 과정이라 여긴 뒤로 마음의 무게가 가벼워진다.

어제 태어난 사람이 아니어서 이제껏 작고 크게 경험해온 세상이 있기에 하루하루가 오늘이 처음인 듯 설레지 않는다. 다소 메마른 듯하지만 그래서 차분한 마음 상태가 오히려 좋다. 표면적인 설렘에 목 마르기보다 무엇이든 깊게 알아가는 과정에서 한 번씩 깨닫는 깊은 울림에서 충만한 삶을 느낄 수 있기를 바라며 자연스럽게 내 생각과 감정을 말린 채소처럼 오밀조밀 응축시킨다.

표고버섯밥

무쇠 주물냄비로 만든 각종 밥이 맛있다는 소문은
익히 들었지만, 내겐 전기밥솥뿐이다.
밥을 해먹기로 결심한 혼자 사는 사람이라면
전기밥솥 하나쯤은 가지고 있을 것이다.
전기밥솥에 만드는 표고버섯밥은 생표고가 아닌
쫄깃한 식감이 있는 말린 표고버섯을 활용한다.

재료

말린 표고버섯 한 주먹, 잡곡쌀 2인분, 들기름과 깨 살짝

만드는 법

1 말린 표고버섯을 물에 1시간 정도 불려 둔다.

2 전기밥솥에 잘 씻은 잡곡쌀과 불려 둔 표고버섯을 넣어 손등 반이 조금 되지 않게 물을 넣어 취사 버튼을 누른다.

3 잘 익은 표고버섯과 잡곡밥을 잘 섞어 그릇에 담고 들기름 약간과 깨를 뿌린다.

늘 기분 좋아지라고,
낫토

"와, 이건 메주 뜨는 건가, 도대체 무슨 냄새야?"

오래전 회사 근처 백반집에 들어갔다가 낯선 냄새에 흠칫. 코를 찌르는 냄새에 문득 발걸음을 멈추고 코를 막았더랬다.

"청국장 안 먹어봤어?"

직장 동료가 알려준 바에 의하면 이 냄새는 청국장이라고. 태어나서 그때까지 한 번도 청국장을 먹어보지 않았다. 집마다 가풍이 다를 텐데 나중에 엄마에게 물어봤더니 우리 집은 아빠가 냄새를 싫어해 청국장을 먹을 일이 없었다. 청국장이라는 내가 맛보지 못한 미지의 음식에 대한 미련은 전혀 없었다. 적응하기 힘든 냄새 탓에 호기심이 일지도 않았고. 하지만 일본의 청국장이라 할 법한 발효식품 낫토는 다르다. 왜냐하면 만화 〈짱구는 못말려〉에 나와서다.

퇴근하고 심신이 지쳤을 때 가끔 애니메이션을 보곤 한다. 스폰지밥의 돈독 오른 집게사장도 좋지만, 아무래도 음흉한 꼬마 신짱구와 어른들의 대화를 녹인 막장 드라마 대본으로 소꿉놀이를 하는 한유리의 짱구 쪽이 더 흥미진진. 짱구에는 여러 음식이 등장해서 재밌다. 특히 다섯 살 난 어린이 신짱구가 즐겨 먹는 낫토가 눈길을 잡아챘다. 콩처럼 보이는데 젓가락으로 길게 실처럼 늘려 먹는 음식이 도대체 무엇인지 늘 궁금했다. 흰밥에 얹어 먹는 끈끈한 점성질에 대한 호기심은 당시 낫토를 쉽게 구할 수 없는 형편이어서 빨리 해소되지 않았다. 그러다 일본에 출장을 가 처음 낫토가 포함된 정식을 주문. '짱구의 그것이다!' 하는 기쁜 마음으로 낫토에 겨자와 간장 소스를 뿌리고 휘저어 조심스레 먹어본다. 밥에 올리고 김에 폭 싸서 한입에 쏙. 아니나 다를까 입가에 끈끈한 게 붙어 제대로 맛도 보기 전에 불쾌하다. 냅킨으로 재빠르게 입가를 닦아내고 다시 먹어보는데 첫인상은 '나쁘지 않은데?' 그렇게 맛있지는 않지만, 못 먹을 정도는 아니었다.

낫토는 쪄낸 대두를 볏짚에 넣어 40℃ 정도에서 발효시키는 것이 일본의 전통적인 제조법. 이렇게 얻어진 낫토균이 장내 유익균을 활성화해 장 기능을 활발하게 만드는 데 도움이 된다고 한다. 낫토는 저녁에 먹는 편이 좋다. 책 『여성 건강 실천법』에 따르면 자는 동안 수분이 부족해져 혈액이 끈적이고 굳기 쉬운데 낫토는 피가 잘 흐르도록 돕는 작용을 해 이를 예방한다고. 가열하면 영양분이 파괴되므로 낫토는 생으로 먹어야 좋다. 아침에 먹는 사과, 저녁에 먹는 낫토처럼 음식도 먹는 시간에 따라 몸에 더 좋은 영향을 미치는 때가 따로 있다. 그렇게 낫토는 내게 저녁용 건강식이 된다. 갓 지은 밥에 열심히 휘저어 끈적해진 낫토를 올린다. 김과 함께 먹으면 최고의 맛. 이런 방식이 지루해지면 비빔국수에도 낫토를 얹어 먹고, 비빔밥에도 넣어 먹는다. 어디에나 꽤 잘 어울린다. 대신 손님용이나 외식으론 절대 거절. 꼭 혼자서만 먹어야 하는 은밀한 식사다. 아무리 조심스레 먹으려 해도 끈적이는 실 때문에 입가와 손가 모두 추저분해진다. 무조건 혼자서 즐겁게 입가에 묻히고 손에 묻어도 어린아이처럼 먹는다. 입안에서 자꾸 도망가는 미끌미끌한 낫토를 야무지게 씹어보지만 나도 모르게 삼켜버린다. 놓쳐버리고 만다.

낫토의 향은 청국장에 비하면 온화하다. 대신 끈적끈적한 식감만큼은 참아주기 어렵다. 어느 책에서 낫토를 젓가락으로 휘휘 저은 숫자만큼 장수한다고 했는데, 그만큼 낫토는 많이 휘저어 줄수록 끈적임이 커진다. 끈적임 속에 단백질 분해 효소인 낫토키나아제가 들어 있고, 이 성분이 낫토가 혈전 용해에 도움이 된다는 근거다. 내가 주 3회 정도 저녁 식단에 올리고 있는 낫토는 일본 음식이긴 하지만, 국내에서 제조된 낫토를 산다.

수입산 일본 냉동 낫토와 국내산 콩으로 만든 낫토 모두 먹어보니 콩이 달라서 씹는 맛도 향도 조금 다르지만, 어쩐지 국내산 콩이 내 몸에 더 친근하다. 그래서 생청국장이라 이름 붙인 낫토를 사게 된다. 낫토와 청국장은 만드는 방식이 유사한데, 청국장은 향후에 양념을 한다는 차이.

낫토를 꾸준히 챙겨 먹는 이유는 혈액순환보다는 장 건강을 위해서다. 장이 우리의 기분을 맡고 있다는 사실을 알게 된 뒤로 장 관리가 곧 기분 관리가 되었다. 장은 뇌 다음으로 신경 체계가 발달해 있으며, 행복 호르몬으로 알려진 세로토닌을 비롯해 여러 호르몬을 생산한다. 그래서 장내 균들의 균형이 깨지면 단순히 변비만 생기는 게 아니라 우울증과 같은 마음의 병을 얻을 수 있다는데, 긴장을 하면 유독 배가 꼬이고, 설렘이나 긴장을 뜻하는 영어식 표현인 '뱃속에 나비가 있다।have butterflies in my stomach.'처럼 기분을 배로 느끼곤 했나 보다. 늘 기분 좋고 가벼운 마음으로 살길 바라며 낫토로 장의 행복을 빌어본다.

5분 완성, 낫토 비빔국수

요리가 이토록 쉬울 수 있다니.
그건 요즘 맛있는 반찬 가게가 무척 많아서다.
밥이 지겹거나 낫토가 건강식이라는 말에
먹어보고 싶지만 도전하기 힘들다면
비빔국수에 곁들여 먹어본다.

재료

삶은 소면 1인분, 반찬가게 비빔장(새우 비빔), 밥숟가락 두 스푼,
상추, 낫토, 참기름 약간

만드는 법

1 끓는 물에 소면을 3분가량 삶고 찬물에 빠르게 헹궈낸다.

2 소면을 삶는 동안 상추를 씻는다. 상추는 신선한 채소를 가볍
   게 먹기 좋기에 자주 구입해 둔다. 혹시 깻잎이 있거나 남은 무
   순 등이 있다면 무엇이든 넣을 수 있다. 잘 씻은 후 상추를 한
   입에 먹기 좋게 잘라둔다.

3 낫토를 젓가락으로 여러 번 휘저어 끈끈하게 만들어 둔다.

4 위에 언급한 모든 재료를 소면 위에 올리고 반찬가게에서 사온
   비빔장을 얹어내면 된다.

연어 스테이크에
응원을 담아

여성은 좋은 의복을 입고 맛있는 음식을 먹는 것을 줄여 저축하여야 한다. 이것이 여성의 권리를 찾는 운동의 제1조이다.

한국 최초 여성 서양화가인 나혜석의 책 『조선 여성 첫 세계일주기』에 수록된, 팽크허스트pankhurst 여성 참정권운동연맹 회원이자 막 60여 세가 된 초등학교 교사로 독신생활을 하는 한 여성의 말을 옮겨 전한다. 나혜석은 늘 이 말이 잊히지 않는다는 말도 덧붙였다. 그가 1927년부터의 약 2년 여에 걸친 여행 중 런던에서 만난 이 영국 여성의 조언은 시대를 초월해 여전히 유효하다. 다만 나는 그 뒤에 "자신만의 집을 사세요."라며 버지니아 울프가 강조했던 자기만의 방 개념을 슬쩍 얹어보고 싶다.

내 힘으로 집을 사고 나서야 내 안의 욜로(YOLO, You only live once, 인생은 오직 한 번뿐) 기질을 누르고 필사적으로 돈을 모으며 돈의 중요성을 알게 되었고 마침내 안정감과 믿는 구석이 생겼다. 직장생활을 시작하자 주변에서 결혼자금으로 얼마가 필요하다는 조언을 하며 '시집갈 때 혼수 마련할 돈'을 모으라 했다. 그때 누군가 종잣돈 얼마를 모으면 나머지는 대출을 받아 집을 사서 월세를 아끼고 나중에 생활기반이 되어줄 재산을 가지라고 했더라면 언제 할지 기약도 없는 결혼 때문에 목돈을 묶어두고 살지 않았을 거다. 물론 나는 과소비가 일상이었던 탓에 묶어둘 돈은 없었으니 언어도단이 따로 없다. 그러다 필요에 의해 오래 다닌 회사에서 받은 퇴직금과 집 보증금 얼마를 합하고 대부분 대출을 받아 지금 사는 수수한 집을 샀다. 그 당시 정부는 대출금리를 낮춰 부동산 거래 활성화를 도모하고 있었기에 적은 금리로 많은 대출을 받을 수 있었다. 그것도 30년 동안 빌려준다는 조건.

　나의 마지막 할부 쇼핑은 30년 유이자 할부로 산 집. 현실은 현관과 작은방 정도만 내 것이고 나머지는 은행 소유의 집에 시중보다 적은 월세를 내는 정도였다. 물론 원금을 조금씩 같이 갚기 때문에 적금 효과도 있지만, 이자가 훨씬 많다. 매월 이자가 빠져나갈 때면 빚을 마음의 짐처럼 여기던 나는 '이 숫자에서 벗어나고 싶다.'며 하루라도 빨리 빚을 털고 홀가분해지고 싶을 뿐이었다. 자유롭기 위해 몇 년만 진하게 고생하자 다짐하며 절약 생활에 돌입한다. 습관적으로 떠나던 여행도 딱 끊었고, 값비싼 옷을 곧잘 사 입던 취향도 멈춤 버튼을 눌렀다. 가끔 친구들을 만날 때를 제외하고 외식도 하지 않았다. 한 달에 정해진 최소 생활비를 빼고는 모조리 빚 갚는 데 썼다.

언뜻 숨 막힌다. 그래도 이제껏 돈을 쓰는 즐거움은 넘치도록 경험해봤지만, 돈을 모으는 기쁨은 전혀 알지 못했던 내게 절약 생활이 오히려 신선했다. 통장에서 빚을 진 숫자가 줄어들 때마다 느껴지는 성취감은 지금 참으면 미래에 마시멜로 두 개를 먹을 수 있는 어린이가 되게 해주었다. 그렇다 하더라도 나를 너무 옥죄지 않기 위해 열어준 숨통 하나, '건강한 음식에 쓰는 돈은 아끼지 말자.'이다. 그런 기준 덕분에 절약 생활 동안 오히려 건강하게 먹으면서 돈을 아낄 수 있도록 요리를 했고, 운동하고 책 읽는 단순한 일상을 반복하며 몸과 마음, 통장 잔액까지 모두 튼튼하게 살아갈 기반을 다졌다.

평소에는 고등어나 꽁치구이지만, 아무 날도 아닌데 마구 사치하고 싶은 날이 온다. 마치 그동안 억누른 욕망을 분출하고 픈 마음. 그런 날에는 연어스테이크다. 고기를 즐겼다면 한우 안심스테이크였겠지만, 생선 입맛이라서 연어스테이크다.

연어 한 토막에 맛술로 비린내를 잡고 올리브유를 발라 달 궈진 프라이팬에 올려 구우면 촉촉한 기름이 나오며 연어가 맛 있게 구워진다. 아스파라거스 두 개, 귀엽게 잘라낸 양송이도 영양 가득한 연어 기름에 굽는다. 데리야키 소스를 발라 구워 도 맛있지만, 연어의 붉은 색감을 살리고 싶어 그대로 굽고 타 르타르소스와 함께 먹는다. 타르타르소스는 마요네즈에 피클, 양파를 잘게 다져 넣고 레몬즙, 꿀 약간을 섞어 쉽게 만드는데,

곁들이 음식으로 매쉬드포테이토—포슬포슬한 감자를 쪄서 으깬 다음 소금만 살짝 뿌릴 뿐 크림을 넣거나 하는 전통 조리법은 아닌 말 그대로 으깬 감자—까지 더하면 완벽한 차림이다. 연어에 레몬즙을 살짝 뿌리고 포크와 나이프로 살을 발라내어 타르타르소스를 얹어 먹을 때면, 연어 특유의 향과 쫀득쫀득하고 부드러운 맛이 혀끝에서 녹아난다. 어쩌다 한번 집에서 누리는 평소와 조금 다른 식사가 마음을 느슨하게 한다.

"30년 동안 나눠 갚으면 되는데 뭘 그렇게 힘들게 사냐?"며 매일 아침 대출금을 곱씹으며 일어난다는 내게 천천히 여유를 가지고 갚으라 지인은 조언하지만 나는 성격상 그게 힘들다. 빚을 지고 처음 1, 2년은 편한 마음으로 여행을 다녀오고, 예쁜 옷도 사 입었지만 빚을 한구석에 의식하며 사치를 하는 모양새라 마음 어딘가 턱 막혔다. 몇 년 사이 빌린 돈의 10%에 가까운 돈이 이자로 나갔고, 금리는 자꾸 올랐으며 돈을 빌려 쓰는 기간이 길어질수록 원금보다 이자가 많아질 게 불 보듯 뻔했다. 쫓기는 마음으로 절약을 하고, 벌어들인 돈 대부분을 대출을 갚아나가기 시작했을 때 오히려 마음이 점점 편해졌다.

요즘 서점에 가면 애쓰지 않아도 괜찮다고 마음을 다독이는 책들을 쉬이 볼 수 있다. '하면 된다'보다 '하지 않아도 된다' 쪽의 흐름 앞에서 나는 남과 경쟁하기보다 내게 맞는 삶을 살라는 의미를 발견한다. 오로지 과거의 나보다 오늘 더 나아진 나를 목표로 열심히 살며 작은 목표 하나하나를 이룬 뒤 긴장을 풀고 휴식하는 시간이 반복될 때 나를 긍정한다. 나의 보금자리를 만들고 지키는 의미에서 돈을 아끼는 일도 그중 하나다. 분수에 맞는 작은 집을 산 덕분인지 독하게 아껴 돈을 갚아서인지 절약 기간은 목표했던 날보다 더 빠르게 끝났다. 참, 다행이다. 온전히 내 힘으로 해낸 일이 하나 더 늘었다.

절약하는 동안 돈을 균형 있게 쓰는 법을 배웠고, 지금 내 능력을 벗어나는 물욕을 지웠다. 꼭 돈을 쓰며 기분 전환을 하지 않아도 충만한 시간을 보낼 수 있었다. 어떤 순간에도 배우지 않은 때는 없다. 한가로운 주말 오전, 요가 수업을 마치고 내 집으로 향하는 마음이 가벼운 까닭은 없어도 괜찮다는 정신승리가 아닌, 이 정도면 만족한다는 작지만 흡족한 생활기반이 실제로 있기 때문. 혼자 살아가기에 적당한 의식주 기반을 다져 놓았으니 다음 목표는 급하지 않다. 더는 쫓기는 마음이 없어 지금은 고등어를 구워도 연어를 구워도 어느 한쪽이 더 낫다 저울질하지 않는다. 순위를 매기지 않고 어떤 메뉴를 선택해도 만족하는 마음이 진짜 호사였다.

연어 스테이크와 크림 파스타

몸이 고칼로리 음식을 원해서
유독 느끼한 게 먹고 싶은 날이 있다.
오메가3 풍부한 고단백 식품 연어를 굽고,
사이드로 매쉬드포테이토 대신
크림 파스타를 만들어 함께 먹는다.

재료

연어 스테이크 : 연어 한 토막, 아스파라거스 1개, 레몬 약간, 올리
브 오일, 맛술

푸실리 크림 파스타 : 푸실리면 1인분, 마늘 2쪽, 명란, 시판용 크
림소스 1인분, 올리브 오일

만드는 법

1 연어는 맛술로 잡내를 잡고 올리브유로 잘 마사지하여 준비한
   다.

2 중간불로 달궈진 프라이팬에 연어를 올리고 연어가 절반 정도
   익었다면 뒤집어 절반을 익힌다. (이때 중간불보다는 좀더 약하
   게 불의 세기를 조절하자. 자주 뒤집으면 살이 부서질 수 있으
   니 주의.)

3 아스파라거스도 프라이팬 가장자리에서 굽는다.

4 사이드로 얹을 푸실리 크림 파스타를 준비한다. 올리브오일에
   얇게 편으로 썬 마늘을 볶고 삶아낸 푸실리면과 함께 볶는다.
   여기에 크림소스를 넣고 1분 내외로 끓여주면 끝. 마지막에 명
   란을 살짝 넣어 짭조롬한 맛을 더한다.

마음의 보약,
된장국

겨울이 깊어질수록 지하철에서 기침 소리가 많이 들린다. '나는 마스크를 쓰고 있고, 장갑을 꼈고 외출 후 돌아오면 손을 씻으니까 바이러스로부터 안심일 거야' 하다가 가끔 경미한 열과 함께 감기 기운이 있는지 몸이 으슬으슬 떨리면 자체 간호에 들어간다. 몸이 보내오는 이 정도 신호에서 모든 할 일과 생각을 멈추고 휴식을 취한다. 이때 몸을 잘 보하지 않으면 감기에 발목 잡힐 수 있다.

"감기 걸리면 얼큰한 짬뽕을 먹어. 코가 막혀 음식 냄새가 안 나도 짬뽕은 향이 강한 편이라 맛이 어느 정도 느껴지거든. 뜨거운 국물 때문에 땀이 빠져서 감기가 낫는 기분이랄까?"

사회에서 만나 벌써 십년지기인 M과 안국 근처 중식당인

몽중헌에서 식사하던 중 감기를 이겨내는 '영혼을 위한 닭고기 수프' 같은 대화를 나누던 중이었다. 몸이 아플 때 먹는 음식? 내 경우 감기에 걸리면 생강차를 마신다고 했지만, 그건 음식이 아닌 차라는 답이 돌아온다. 아플 때 그 음식을 떠올리는 것만으로도 치유되는 기분이 드는 음식이 내게 무엇인지 기억을 더듬는다. 지난 몇 년간 치통을 제외하면 감기 또한 크게 앓은 적 없어 생각이 잘 나지 않았는데, 그러다 나만의 '십전대보탕+全大補湯'을 떠올렸다. 비가 내리는 날, 어쩐지 온기가 필요하다 느끼면 곧잘 해 먹는 바로 그 음식. 십전대보탕은 조선 중기 때 의학자 허준의 『동의보감』에 수록된 허약하고 피로함이 느껴지는 몸을 보한다는 보약인데, 인삼, 감초, 천궁, 당귀 등 갖은 약재가 들어간다. 한약은 먹어본 일도 없건만 십전대보탕은 드라마 〈허준〉 때문에 유명해져 알고 있다. 몸을 보하는 약재는 아니지만, 내게 먹고 나서 유독 속이 편안하고 개운한 음식은 밥을 말아 먹는 된장국이다. 내가 끓이는 된장국은 국물보다 푸짐한 건더기가 압도적이다. 갖은 채소와 해산물, 두부를 넣는데 건새우를 넣고 국물을 살짝 우린 다음 된장을 한 숟갈 푼다. 그다음 채소의 향연. 다진 마늘 살짝, 양파, 애호박, 감자, 표고버섯, 미나리나 달래 또는 시금치처럼 계절에 따라 나는 푸릇한 제철 채소, 냉장고에 있는 채소 중 당근만 제외하고 무엇이든 모아 넣는다. 채소가 반쯤 익으면 바지락살 또는 홍합살, 마지막으로 두부와 파, 고추를 넣어 끓여내면 완성이다. 채소가 넘칠 듯 많이 들어가기에 채소를 다듬는 시간이 국을 끓이는 시간보다 훨씬 오래 걸린다. 널찍한 그릇에 밥을 조금 담고 충분히 끓여 부드러워진 채소 건더기며 두부 등을 잔뜩 담고, 국물은 밥이 잠길 정도로만 담는다. 국물이 밥알에 충분히 스며들어 부드러워질 때까지 잘 섞어 호호 잘 불어 한 숟가락 떠먹으면 온몸이 따뜻하게 데워진다.

그러고 보면 콩 발효식품 없이 맛있는 한식을 만들 수 없다. 간장, 된장은 집에 꼭 갖춰야 할 한식의 기본양념. 조선 후기 실학자 이익은 그의 저서 『성호사설』에서 "콩은 오곡의 하나인데 사람들이 귀하게 여기지 않는다. 그러나 곡식이 사람을 살린다면, 콩의 힘이 가장 큰 것이다."고 했다. 좋은 곡식은 권세가에게 돌아가고 가난한 백성이 얻어먹고 목숨을 잇는 것은 오로지 콩뿐으로 콩을 돌로 갈아 두부를 만들고 남은 찌꺼기는 끓여 국을 만들 수 있고, 싹을 내 콩나물로 기를 수 있다는 점에서 궁휼한 백성을 구하는 귀한 곡식으로 보았다. 먹기 좋은 기름진 쌀보다 식감은 비교적 퍽퍽하고 단맛은 적을 수 있으나 콩만큼 영양 높고 양념부터 음식까지 두루 활용할 수 있는 몸에 좋은 곡물이 또 어디 있을까. 나의 가정식에도 콩이 가장 귀하다. 특히 콩으로 만든 된장은 나에게 특히 절대적이라 '한국인인 내게 김치와 된장 중 하나만 고르라 한다면 주저 없이 된장을 고를 테야.' 할 정도. 된장은 국으로 끓이고, 나물을 무칠 때 쓰는

혼자의 가정식

데 채소와 궁합이 잘 맞아 채소 반찬을 즐기는 내게 쓰임이 많다. 이러니 저러니 해도 먹고 나서 속이 편해 더부룩하지 않다는 점이 된장이 소중한 까닭이다. 된장을 만들 때 발효시키는 콩은 그 과정에서 소화 및 흡수가 잘 되도록 성질이 바뀌고, 발효로 얻어진 유산균은 장 건강에도 도움이 된다고 한다. 하지만 짠맛이 강하므로 된장을 요리에 쓸 때는 언제나 적당히.

어릴 적 할머니 집에 가면 메주 말리는 방이 있었다. 새끼줄에 묶여 말려지고 있는 메주는 인상을 찡그릴 정도로 그 냄새가 꽤 역한데, 놀랍게도 그 메주가 간장이 되고 또 된장이 된다. 훌륭한 메주다. 엄마도 집에서 된장을 담아 드셨지만, 칠순이 넘자 장을 계속 담그는 게 기력이 딸려 어려워하신다. 예전에 고추장 담근다는 말에 주말에 배우러 간다고 했더니 고추장을 만드는 일은 무척 복잡하고 손이 많이 가 오래 걸린다며 오지 말라 하셨다. 고생한다는 게 요지다. 지금은 더는 엄마표 된장이나 고추장을 먹을 수 없다. 딸이 고생하지 않기를 바라지만 정작 엄마는 고생해 직접 담은 된장, 고추장을 보내주시는 마음이 참 고마웠다. 모든 집밥의 기억 끝에는 언제나 엄마가 있다. 온기가 필요하고 몸을 보하고프면 왜 나는 된장국을 끓여 먹는지 그 의문의 끝에도 역시 엄마가 있다. 몸살이 난 어린 내게 약 먹기 전 죽 대신 보리순 된장국에 밥을 조금 말아서 먹였던 어린 시절의 기억이 어딘가에 남아 있다.

몸이 아프면 옆에서 나를 돌봐주던 엄마가 가장 먼저 생각난다. 약한 존재가 한없이 의지하던 강한 어른의 존재. 무섭게 혼나던 기억도 많지만, 몸이 아플 때만큼은 한없이 다정해지는 엄마 품이 그립다. 훌쩍 커버린 지금, 엄마를 찾으며 서럽게 우는 코흘리개는 사라지고 이제 내가 엄마의 건강을 더 걱정하는 나이가 되었음에도. 엄마에게 재래된장 만드는 법은 배우지 못했지만, 몸이 아플 때 먹는 소박하지만 따뜻한 된장국이란 유산은 이어받았다. 혼자 지내도 마치 엄마가 옆에서 돌봐주는 기분으로 씩씩하게 된장국 끓여 밥을 말아 먹고 나면 곧잘 기운을 차린다. 역시 정이 담뿍 담긴 밥은 몸과 마음의 보약이다.

채소 듬뿍 된장국

다시팩을 우리고 된장을 풀고, 여러 재료를 손질해 넣고…
된장국은 생각보다 복잡해 보이지만 입맛에 맞는
시판용 된장 하나를 알게 되면 매 끼니마다
된장국을 끓여도 귀찮지 않을 정도로 국 끓이는 게 쉽다.

재료

된장 한 스푼 반, 감자 1개, 양파 1/4개, 팽이버섯 1/2, 중간 크기
표고버섯 2개, 애호박 3cm 두께로 2~3토막, 두부 1/3모, 바지락살
50g 내외, 마늘 한 쪽, 대파 및 고추 약간

만드는 법

1 평소 먹는 국그릇으로 2회 분량의 물을 계량해 넣어 끓인다.

2 감자, 양파, 애호박은 굵게 깍둑썰기 하는데 감자는 익는 데 시
   간이 오래 걸리므로 양파나 애호박보다는 얇게 썬다. 마늘도
   다져둔다.

3 버섯도 씻어서 먹기 좋은 크기로 잘라둔다. (버섯은 씻지 않고
   키친타올 등으로 닦아서 그대로 사용해야 향을 지킬 수 있다
   고 하지만 나는 이물질을 씻어내는 편이 맛보다 중요해서 씻어
   서 사용한다.)

4 바지락살은 맛술을 살짝 뿌려 잡내를 제거한다.

5 두부는 한 입 먹기 좋은 크기로 썰고, 대파와 고추는 어슷썰기
   로 준비한다.

6 끓는 물에 감자와 양파를 넣고 끓이다가 감자가 어느 정도 익
   었을때 된장을 한 스푼 물에 풀어준다.

7 애호박, 버섯, 바지락과 다진 마늘, 두부 순으로 넣어 중간불보
   다 다소 약하게 3~5분 내외로 끓인다.

8 대파와 고추는 마지막에 넣고 살짝 끓이면 된다.

요리조리
토마토

커다란 토마토 네 개의 꼭지를 떼고, 토마토 머리 위에 열십자 모양을 낸 다음 끓는 물에 살짝 데친다. 그다음 토마토의 질긴 겉껍질을 벗긴다. 물컹한 토마토 씨를 빼고 단단한 육질만 남겨 도마 위에서 토마토를 조각낸 다음, 올리브오일을 두른 달군 프라이팬에 마늘과 양파를 넣고 살짝 볶는다. 토마토를 넣고 뭉근한 소스가 될 때까지 볶아낸 다음 후추, 소금으로 간해서 마무리. 토마토 파스타를 만들겠다 마음먹고 의욕적으로 토마토 소스부터 만든다.

"아… 힘들다."

요리가 싫어지려 한다. 파스타 하나 만드는 데 한 시간이 넘게 걸린다. 나는 요리를 즐기는가? 질문이 잘못되었다. 나에게 요리의 범위는 어디까지인가?

영화 〈줄리 앤 줄리아Julie and Julia〉는 1960~70년대 무렵 미국에 프렌치 요리를 소개한 셰프 줄리아 차일드의 요리책 레시피를 현대의 뉴욕에 사는 요리 블로거 줄리가 따라 만드는 모습을 보여주며 두 인물이 살아가는 다른 시대를 배경으로 요리를 사랑하는 사람들의 열정을 한 화면에 담는다. 권태로운 일상에 요리로 자신을 발견하고 성공에 이른다는 무척 고무적인 이야기 흐름에 여러 프렌치 요리를 눈요기할 수 있다. 요리책의 편집장을 기다리며 줄리가 만든 타버린 뵈프 부르기뇽은 위기 혹은 갈등을 의미하며, 가장 어려운 오리 배 가르기 요리에 성공하며 훈훈한 결말로 이어지는 영화 속 요리에 담긴 상징적인 의미도 흥미롭다. 꼭 요리가 아니더라도 한 분야에 열정적으로 덤비는 사람들이 주는 에너지가 여운을 남기는 영화다. 요리책 한 권을 몽땅 따라 할 만큼의 열정은 전혀 없는 나에게 요리란 찌고, 굽고, 볶고… 최소한의 조리로 맛있으면 좋겠지만, 맛보다는 역시 영양 우선 섭취주의다. 처음부터 내가 요리하는 목적을 잘 알았으면 헤매지 않았을 터인데 예전의 나는 무엇이든 다 잘하는 르네상스적 인간이 되고 싶었다. 그래서 매일 새로운 레시피에 도전했으며, 때로 많은 시간을 잡아먹는 복잡한 레시피로 시간과 기운을 모두 소진하곤 했다.

"냄비 바닥에 요리용 종이 한지를 깐 다음 손질한 닭과 감자, 양파 등 여러 채소를 올려. 그다음 소금과 후추로 간을 하고 바질도 넣어야 해. 마무리로 위에 토마토를 얹어서… 여기서부터 중요해. 물을 넣지 않고 약한 불에서 오래 끓이는 거야. 그러면 채소와 닭의 수분으로 진짜, 완전히, 엄청나게! 맛있는 음식이 만들어져. 유럽 어느 나라 요리 같은 맛이 난다니까."

음식의 자체 수분으로 요리해 그날 저녁 가족의 인기를 한 몸에 받았다는 언니의 치킨 요리 레시피는 토마토가 맛을 내는 데 한몫했다며 기회 되면 토마토를 찜 요리에 활용해보라고 했다. 언니에게 토마토는 요리의 맛을 높이는 훌륭한 재료다. 일전에 텔레비전에서 봤다며 스크램블드에그에 토마토를 넣어 볶는 요리도 추천해줬다. 언니가 여러 토마토 레시피를 알려주었음에도 불구하고 내게 토마토는 채소이지만, 느낌적 과일인지라 그냥 싱싱한 맛으로 먹는다. 묵직한 요리를 하지 않고. 샐러드를 만들려고 하면 토마토를 꼭 넣고 토마토를 넣으면 치즈도 따라온다는 기계적인 레시피 외엔 지금 어떤 요리에도 토마토를 익혀서 쓰지 않는다. 인류가 불을 써서 요리하게 되면서 음식의 소화 흡수율을 높였고 먹을 수 있는 식재료도 다양해졌다. 하지만 가열하지 않은 자연 그대로 음식은 영양소 파괴가 덜하므로 영양 면에서는 역시 나을 거란 믿음. 그렇다 하더라도 날것만 먹으면 음식물의 독성을 처리하는 간에 무리가 온다고 하니 결국 한쪽으로 치우치지 않고 적절한 비율로 익혀 먹고 날것을 먹는 게 현명하다.

물론 토마토는 생으로 먹는 것보다 익혀서 요리하면 더 좋은 채소이다. 붉은색 채소의 일종인 토마토에는 라이코펜이라는 항산화 물질이 들어 있는데 익혔을 때 라이코펜 체내 흡수력이 생으로 먹었을 때보다 더 높아진다고 한다. 이탈리아, 그리스 등으로 대표되는 지중해 장수 식단에서 토마토를 익혀 사용하는 데는 그런 지혜가 있었던 걸까. 토마토의 라이코펜은 우리의 몸속 세포의 나이 먹어가는 속도를 조금씩 늦춰줄 수 있을지도 모른다. 특히 운동 후 몸 안에 쌓이는 활성산소를 배출시키기 위해 방울토마토라도 챙겨 먹는다면 몸이 가뿐해지는 데 도움이 될 거 같다.

요리에 막 흥미를 붙여나가던 시절, 손이 많이 가는 정성스러운 요리에 비해 별다른 노력 없이 자르고 뿌리면 끝나는 간단한 음식은 요리로 인정하기 힘들었다. 달걀흰자와 설탕을 넣고 한 방향으로 거품기를 팔에 근육이 생길 정도로 휘저어 만든 머랭을 얹고 전기밥솥으로 치즈케이크를 만들거나, 크림소스를 만들기 위해 휘핑크림과 우유를 사고 달걀노른자를 분리하고 부엌을 난장판으로 만들어야만 진정한 요리라는 성취감에 취했는데, 그렇게 접근하다 보니 요리는 참 어려운 세계였다. 이를테면 영화 〈사브리나〉에서 오드리 헵번이 프랑스 르 꼬르동 블루LE CORDON BLEU로 요리 유학을 하러 간 장면이 나오는데, 그곳에서 달걀을 한 손으로 우아하게 깨는 법을 훈련받는다. 나는 그 모습에 반해서 수없이 많은 달걀을 한 손으로 깨다가 달걀 껍데기를 골라내느라 애를 먹곤 했다. 두 손으로 달걀을 깨지 않고 굳이 한 손으로 깨는 특별한 이유를 알지도 못한 채 무조건 '그럴싸하다면 오케이'라고 했던 마음이었다. 무엇이든 긍정적으로 바라보는 연습을 하는 요즘의 나는 그때의 나를 이렇게 자평한다. 독서력을 기르려면 사상 분야의 책처럼 어려운 책한 권을 완독하는 경험을 거듭해야 하는데, 그러면 쉬운 책은 군것질하듯 금세 한 권씩 뚝딱 읽을 수 있다(참고로 나는 이야기 중독자일 뿐, 한 권을 아껴가며 깊게 읽는 애서가는 아니므로 그저 책에 취해 사는 사람들에게 권하는 독서법이다). 요리 또한 독서와 비슷해 어려운 요리로 훈련하면 단순한 요리는 별다른 레시피를 참고할 필요 없이 경험과 감각에 의존해 빠르게 마칠 수 있어 도움이 되었다고.

생계로서의 일, 쾌적한 생활을 위한 살림에 쓰는 시간을 제외하고 가장 많은 시간을 들이는 행위가 내가 가장 애정을 가진 일이자 생이 즐거운 이유다. 어떻게 하면 요리 시간을 줄이고 재미있는 책 한 줄 더 읽을 수 있을지 궁리하는 내게 요리는 애정의 영역이 아닌 살림이다. 지금은 30분이 넘도록 냄비나 프라이팬 앞에 매달려야 하는 요리는 가급적 하질 않는다. 토마토소스가 필요하면 시판용을 사 먹는다. 유기농 토마토 병 조림 파스타 소스를 사서 해 먹는 스파게티도 물론 나만의 요리다.

새우, 양송이, 양파를 좀더 넣어볼까 등 고민하며 여러 재료를 조합하고, 소스도 다양하게 선택할 수 있다. 그러니 (비록 소스를 샀을지언정) 나만의 요리가 된다.

아주 평범한 생활 요리. 기계적으로 가스 불을 켜고 국을 끓이고, 생선을 굽고 양상추를 씻어내 결대로 찢는 그런 일상 요리는 특별하지 않지만, 내 입맛에 맞는 요리를 만들면 그 자체로 아무 불만이 없다. 모름지기 요리라면 소스를 만들고, 육수를 잘 내고, 병아리콩을 종일 불려 삶은 다음 후무스를 만드는 일이지, 삶은 콩을 그냥 샐러드에 넣어 먹는 일처럼 단순하지 않다고 여겼던 시절은 지나고 이제 어떻게 하면 건강하게 먹으면서도 조리 과정을 더 생략해 시간을 아낄까 궁리하는 요리 미니멀리즘을 연구하는 내가 부엌에 선다.

느낌적인 지중해, 토마토 샐러드

신선한 채소의 기운이 부족할 때 특별한 기교를 부리는
샐러드 없이도 토마토 몇 조각을 곁들이면 충분하다.
그래도 조금 더 맛있게 먹고 싶다면
이탈리아 카프레제 샐러드에서 아이디어를 빌려와
토마토와 생모짜렐라 치즈에 올리브오일과
트뤼프 소금 약간을 뿌려 먹기도 한다.

재료

　　토마토 먹고 싶은 만큼, 올리브오일, 트뤼프 소금, 생모짜렐라 치즈
　　(선택)

만드는 법

　　1　깨끗이 씻은 토마토를 먹기 좋은 크기로 썬다.

　　2　올리브오일을 흩뿌리고, 소금을 살짝 뿌린다.

　　3　단백질 섭취가 부족하다 느끼면 가끔 생모짜렐라 치즈를 얹어
　　　　먹는다.

밀프렙, 밑반찬
그리고 덮밥

　서점에 가서 요리책을 들춰보며 문득 요리책은 여전히 잘 팔리나 고개를 갸웃거리다 늘 상위권을 차지하고 있는 백종원 대표의 책 앞에서 자동으로 고개를 끄덕였다. 아무렴, 팔릴 책은 잘 팔리지. 이런 의문을 가진 까닭은 레시피가 필요하다면 인터넷 검색으로 찾는 나 때문이다. 우리나라 고古요리서『음식디미방』처럼 집안 대대로 내려오는 요리책은 없기도 하나, 있다 해도 내가 고서를 탐독해서 요리할 리 없다. 어느새 검색으로 제공되는 초보 주부나 살림 9단 같은 맥락의 여러 닉네임을 가진 요리 선배들 레시피를 참고하는 편이 익숙하다. SNS 집단지성 덕분에 키조개를 손질할 때는 관자를 빼고 식중독을 일으킬 수 있으므로 내장은 버려야 한다는 가르침을 얻어 배탈로부터 나를 구하기도 하고. 여느 조개처럼 몽땅 먹을 수 있겠지, 넘겨

짚었건만 자연은 독을 품고 있다는 교훈을 되새기는 참지식은 검색으로 얻는다.

　인터넷 세상에는 아이디어 살림꾼이 참 많다. 밀프렙Meal-Prep도 그중 하나다. 일주일치 음식을 미리 준비해 통에 담아 냉장 혹은 냉동 보관해 하나씩 꺼내 먹는 방법이다. 평일은 바쁘니 주말에 요리를 몰아서 하고 끼니때마다 꺼내 먹는다. 시간을 아낄 수 있어 다이어터나 혼자 사는 사람들 사이에서 인기인 모양이다. 시간을 아끼고 건강하게 먹는 방식은 나의 주요 관심사였기에 밀프렙에 관심은 갔지만, 잘라 놓은 채소가 금방 무르지 않겠나 싶었다. 밀프렙은 마치 장기 여행을 떠날 때 가족을 위해 곰국을 끓여 놓고 간다는 어느 주부의 이야기를 떠올리게 했다. 갓 지은 밥 애호가인 나에게 밀프렙은 일주일치 도시락을 한 번에 싸는 기분이라서 시도해보기도 전에 관심이 사그라들었다. 그래도 식사 준비 시간을 단축한다는 의도 자체는 일상에 참고할 만하다. 단지 나에게 맞는 방법을 고민할 뿐. 어떻게 건강하게 먹으면서, 질리지 않게 고른 식단을 짜면서, 맛있게 먹을 수 있을까. 역시 한식은 밑반찬이고, 빠른 식사 준비라면 라면을 끓이는 시간보다 덮밥이 더 짧게 걸린다. 밑반찬과 덮밥 재료를 미리 준비만 해둔다면 피곤하지 않게 내게 건강한 한 끼를 먹일 수 있다.

한가한 주말 오후에 밑반찬을 만든다. 역시 인터넷 레시피를 참고한다. 양념장 재료로 곧잘 등장하는 매실액 같은 건 집에 없어 생략하므로 똑같은 레시피는 아니지만, 일주일 먹을 치의 밑반찬은 메추리알 장조림, 멸치볶음처럼 단백질 식재료 하나, 톳 무침 같은 바다 채소 반찬 하나, 땅에서 나는 제철 채소 반찬 하나 총 세 가지 종류로 골고루 만들곤 한다. 원래 밑반찬은 가족에게 가끔 선물 받거나 백화점 반찬가게의 마감세일에서 할인하는 여러 묶음을 샀는데 양이 적고 간이 좀 짜서 조금 수고스럽더라도 나만의 반찬을 만들기로 했다. 미리 삶을 필요 없이 껍질까지 깨끗이 벗겨져 나온 메추리알을 사다가 꽈리고추와 함께 만든 장조림은 주말 아침 식사를 준비하면서 잠깐의 시간을 투자하면 만들 수 있을 정도로 간단한 반찬. 손은 많이 가지 않았지만, 장조림이 완성되어 냉장고에 저장해 두면 주말을 알차게 보냈다는 은근한 보람을 느낀다.

내게 조금 특별한 채소 반찬도 생긴다. 가을이면 꼭 연근조림이다. 구멍이 숭숭 뚫려 개성 넘치는 모양의 연근 껍질을 벗기고 썰어서 초벌 삶기, 간장 양념으로 조리기, 마지막으로 가스 불을 끄고 꿀을 넣어서 섞고 식힌 다음 냉장고에 넣을 때까지 한 시간을 꼬박 반찬 만드는 데 쓴다. 그래도 전혀 힘들지 않다. 매 끼니 연근을 밑반찬으로 내어 먹으면 재미있는 모양에 눈길이 가고, 아삭한 연근 맛을 즐길 수 있으니 필요한 수고다.

연근처럼 뿌리채소, 버섯 같은 균류처럼 내가 맛있게 즐겨 먹는 채소는 좀 어둡게 자란 것들이 많다. 뿌리채소와 균류가 가진 어떤 영양소를 내 몸이 원하는지 모르겠지만, 채소를 편식하는 어린이라면 모두 싫어할 법한 채소를 유독 잘 먹으니 내가 살아가는 데 이런 어둠의 채소가 가진 영양이 꼭 필요한가 보다. 누구나 자기만의 영양 반찬이 있는 법이고, 그런 밑반찬을 잊지 않고 마련해 두면 매 끼니 마치 냉장고에서 보약을 꺼내 먹는 것처럼 힘이 난다.

퇴근 후 전기밥솥의 취사 버튼을 눌러 밥이 되는 동안 샤워를 하고 소지품을 정리하고 오늘 먹을 채소를 씻는다. 그런 생활의 반복 속에서 오늘 치 체력을 모두 소진한 듯 이렇다 할 요리를 하고 싶지 않은 날, 간단하게 먹고 싶은 날이면 조리도구를 단 하나도 쓰지 않는 아주 간편한 덮밥을 만든다. 미리 사둔 간장 연어나 꼬막 비빔 같은 짭조름한 염장식품 약간을 갓 지은 밥에 올린 다음 생채소를 많이 넣고 별다른 소스 없이 먹는 저녁 식사는 간편하다. 연어회와 물에 담가 아린 맛을 뺀 채 썬 양파, 아보카도, 무순을 얹으면 근사한 연어 덮밥이 된다. 냉장고에 있는 재료로 쉽게 만들 수 있는 건강하고 간편한 요리다. 아마 밀프렙을 만드는 시간보다 더 짧게 걸리지 않을까. 그렇다면 나의 밀프렙은 덮밥 재료를 사두는 거로 정한다.

시간이 없고, 피곤하다는 이유로 나는 외식이나 편의점 간편식에 의존했던 식생활을 고수했다. 메뉴를 고르고, 주문하고, 배달과 포장을 기다리는 시간에 집에서 쉽게 만들 수 있는 음식을 궁리하는 편이 나에게 여러모로 도움이 되었을 텐데, 건강을 기대하기 어려운 정크푸드로 끼니를 이어갔던 습관은 당장 내 머리와 손을 최소한만 써도 되니 그저 익숙해서 편했다. 물론 간장 연어를 직접 만들지 않고 산다. 메추리알을 껍질째 삶아서 종일 까고 있지는 않다. 일정 부분 남의 손에 의존하고 있는 건 맞지만, 전부 의존하는 방식과 일부분만 도움을 받고 내가 완성하는 요리는 다르다. 채소를 더 많이, 간은 덜 짜게처럼 요리에 나의 기호, 나의 의견을 반영한다는 점이 중요하다.

책 『리추얼』에서 독일 철학자 임마누엘 칸트는 인간의 성격이 마흔에 이르러야 완성된다고 믿었다고 한다. 그 성격이란 마흔이 되어 형성된 기본적인 삶의 규칙들과 좌우명을 평생 따라야 한다는 생각이었는데, 마흔이 얼마 남지 않은 나 또한 과거에 나를 불행하게 했던 습관으로부터 하나씩 멀어지고, 내 몸과 마음에 평온함을 가져다주는 평생 가져갈 습관을 내 것으로 만들 때 내적 성장을 느낀다. 성장하고 있다는 느낌은 중요하다. 살아 있기에 자라나는 건 식물도, 사람도 마찬가지. 성장은 건강하다는 증거다. 아무것도 하지 않으면 어떤 변화도 일어나지 않는다. 살면서 불만족스러운 부분을 바꾸고 싶어 조금의 수고를 들일 때마다 한 걸음 더 나아갔다. 그리고 성공이든 실패든 얻는 게 생긴다. 미리 준비해서 먹는 식생활은 메뉴 선택 스트레스를 사라지게 했고, 식비를 절약해줬다. 아주 사소한 변화인데, 생활이 여러모로 윤택해진다. 이 모든 변화는 다가오는 미래를 끊임없이 고민하고 행동했던 과거의 내가 오늘의 내게 준 선물이다.

양파를 포기하면 3분 걸리는 연어 덮밥

연어회를 200g 사서 반은 회로 먹고 나머지는 덮밥용으로 남겨둔다.
연어 크기가 지나치게 크다면 한 입에 넣기 좋을 정도로 잘라준다.
(요리용 가위도 괜찮다. 우리는 배고픈 사람일 뿐 전문 셰프는 아니니까.)
피부 미용을 위한다면 연어와 잘 어울리는 아보카도를 곁들인다.
연어와 아보카도 모두 항산화에 꼭 필요한 비타민 E가
풍부한 식품으로 유명하다.

재료

밥 1인분, 연어 100g 정도, 무순 약간, 고추냉이와 간장, 채 썬 양파 또는 아보카도(선택)

만드는 법

1 양파를 결대로 가늘게 채 썰어 매운맛을 가시게 하도록 찬물에 10여분 담궈둔다. 그래도 매울 수 있다. 오래 담궈둘수록 맵지 않지만 최대 30분은 넘기지 않는다.

2 반 먹고 남겨둔 아보카도가 있다면 역시 두께 1cm 정도 슬라이스로 썰어둔다.

3 연어와 아보카도도 환상 궁합이지만, 무순은 다른 의미로 궁합이 좋다. 신선한, 살아 있는 맛을 더한다. 무순을 흐르는 물에 씻어둘 차례.

4 갓 지은 밥을 오목한 그릇에 담고 양파를 올리고, 연어와 아보카도, 무순을 올려준다.

5 가장 중요한 건 소스지만 나에겐 어떤 비법 소스도 없다. 집에 있는 양조간장 살짝과 고추냉이가 전부다. 밥과 연어에 간장을 살살 뿌리고 고추냉이는 연어를 먹을때마다 살짝 얹어서 먹는다.

편식해도
건강할 수 있다면

　카레와 밥을 같이 먹으면 다이어트를 할 수 없다. 당질과 지방을 같이 섭취하는 식사에는 당질 대사가 우선이어서 지방 대사가 멈추어 지방까지 그대로 체내에 축적된다고 하는데, 고대 그리스어처럼 해독하기 어려운 말을 한마디로 말하자면 살이 찌는 조합이라는 설명. 카레라이스를 먹지 않으면 뱃살이 줄어드는지 모르겠지만, 카레는 맛있는걸. 매일 설탕 음료를 입에 달고 살지 않는 한 어쩌다 카레는 비만의 지름길은 아니겠지. 카레는 특유의 강한 향 덕분에 육류를 싫어하는 나의 편식을 조금이나마 고칠 수 있어 빼놓을 수 없는 가정식 메뉴다. 마치 채소를 싫어하는 아이에게 밥을 먹일 때 파프리카 같은 걸 잘게 다져서 어딘가에 숨긴다는 부모처럼. 모든 재료의 향을 덮어버리는 카레는 먹으면 좋은데 먹지 못하는 무언가를 넣어 요리하기에 가장 적합한 음식이다.

3, 4세 무렵 어린이가 밥을 먹기 시작하면 편식이 시작된다고 한다. 그때 식습관을 제대로 들이지 않으면 성장도 문제지만, 고착된 입맛을 쉽게 바꿀 수 없다고. 육류를 먹지 않게 된 까닭은 유치원 때 찾아온 질병 때문이었다. 육류나 붉은 살코기를 가진 생선이 아닌 흰살생선과 채소 위주로 먹으라는 의사의 식이 처방은 완쾌한 뒤에도 심지어 성인이 될 때까지 계속되었다. 육류 특유의 냄새에 유독 민감하게 반응했기 때문이다. 엄마는 나에게 어떻게든 육류를 먹여보려고 사골 국물을 베이스로 김치찌개를 끓여 향을 없앤 뒤에 내게 먹이려 했지만, 귀신처럼 고기가 들어 있음을 알아낸 나는 먹는 걸 거부했다. 진한 고기 향을 풍기는 메뉴가 밥상에 올라온 날이면 저녁 식사를 가족과 같이 먹지 않을 정도로 나는 육류의 모든 향과 맛이 싫었다. 심지어 달걀노른자도 먹지 못했다. 그래서 엄마는 늘 내가 먹을 흰살생선 반찬을 따로 만드는 수고를 하셨다. 가족 모두 내게 고기를 먹이려고 거듭 권유했고, 내가 조금이나마 육류를 먹어보려 노력하면 칭찬이 돌아왔다. 스무 살까지 나는 육류를 먹지 않고 페스코 베지테리언으로 살았다. 편식 때문인지 비쩍 마른 덩치도 아닌데 몸이 허약하고 체력이 유독 약했다. 성인이 된 뒤로 육류와 가까워지려고 의무적으로 노력했다. 고기의 냄새를 없앤 음식이라면 시도해볼 수 있었고, 카레의 강황 냄새만

큼 내게 효과적인 향신료는 없었다. 물론 그 외의 고기 요리는 하지 않으며, 고기 특유의 향이 느껴지지 않도록 조리한 솜씨 좋은 식당에서 어쩌다 외식하는 게 전부다. 닭고기, 오리고기처럼 일평생 즐겨 먹지 않은 다른 고기도 조금씩 도전해보곤 했으나 가급적 먹고 싶다는 마음이 들지 않아서 고기와 나는 영원히 가까워지기 어렵지 않을까 싶다.

내가 굳이 먹고 싶지 않은 건 몸이 거부해서 아닐까? 견과류 알레르기가 있는 사람에게 견과류는 독이듯, 고기가 체질상 맞지 않을 수도 있다. 건강이나 신념 때문에 육류를 끊고 채식주의자가 되는 사람도 많은데, 자급자족의 생활을 실천하고 소박한 일생을 살다간, 책『조화로운 삶』의 두 주인공 헬렌, 스콧 니어링 부부는 비건Vegan으로 모두 100세에 가깝게 장수했다. 심지어 스콧 니어링은 평온한 죽음을 위해 100세가 되었을 때 자신의 의지로 서서히 음식을 끊고 죽음을 맞이했을 만큼 건강하게 장수했다.

채식주의자의 범위는 넓고 다양하다. 락토lacto 베지테리언은 육류를 먹지 않지만 우유나 치즈 같은 유제품을 먹는 채식이고, 소고기와 돼지고기처럼 붉은 육류를 제외하고 가금류는 먹는 세미semi 베지테리언도 있다. 나처럼 육류나 가금류를 먹지 않고 유제품, 달걀, 해산물을 먹는 채식의 범주도 있다. 그중 비건이 일반적으로 떠올리는 채식주의자 이미지에 가깝다. 동물성 단백질을 전혀 먹지 않기 때문이다. 나는 엄격한 채식주의자인 비건은 아니고, 고기를 먹어보려고 노력하는 실상 페스코인데 이런 성향이 나를 기대보다 오랫동안 건강하게 살 수 있게 할지도 모른다.

100세 이상의 사람들이 가장 많은 장수마을을 일컬어 '블루존'이라 칭하고 그 사람들의 어떤 삶의 방식이 장수에 도움을 주는지 알아보는 '블루존 프로젝트'를 실시한 저널리스트 댄 뷰트너Dan Buettner는 우리가 장수하기 위해서는 10%의 유전과 90%의 생활 방식이 영향을 미친다고 말한다. 자기 땅에서 난 식재료와 제철 음식을 먹고 육류보다 채소나 생선을 먹으며 위장의 80% 정도만 채울 정도로 과식하지 않는 특성을 보인 블루존 사람들. 물론 이런 식습관보다는 노인이 되어서도 아침에 일어나 하고 싶은 일이 있는, 삶의 의미가 있어야 하며 조깅이나 요가와 같은 특정 운동보다는 실생활에서 몸을 많이 쓰며 공동체와 어울리며 살아가는 유대감 속에 장수의 요인이 있다고 강조한다. 고기가 장수와는 거리가 멀다는 점에서 내가 굳이 고기를 꾸역꾸역 먹으려 노력하지 않아도 괜찮지 않을까 싶었다. 한편 건강검진결과표를 받아보고 유독 눈에 띄게 좋았던 지표 하나는 심장의 나이였다. 나이에 비해 두 살 어렸는데, 나는 그 당시 심장을 튼튼하게 할 만한 이렇다 할 운동을 하지 않았다.

혈압이나 혈관에 대한 어떤 경고도 없었다. 혹시 나는 몸에 좋은 편식을 하고 있는 게 아닐까.

　100세 시대가 모두에게 동등하게 주어진 미래처럼 믿게 만드는 여러 메시지 덕분에 오래 사는 게 형벌이라 말하는 사람들이 늘고 있다. 오래 살아서 뭐 하나며 대충 살겠다고 지친 목소리로 말한다. 개인의 건강 관리 능력에 따라 기대수명은 절대 같을 수 없다. 연금과 보험 상품을 팔기 위해 내세우는 통계가 모두에게 해당할 리 없으니까. 생활의 질을 떨어트리는 비만이나 생활습관병이 가져온 질병이 있다면 유병장수야말로 진정한 형벌이고, 업무 스트레스로 인한 과로사는 심심치 않게 접하는 뉴스다. 안색이 곧잘 어두워지고, 몸이 자주 붓고, 체력이 떨어지고, 정신적 무료함에 시달리는 사람이 장수를 걱정한다는 자체가 난센스다. 죽음이란 미지의 공포에 대한 두려움, 소중하게 지키고 싶은 가족에 대한 책임감과 살아서 무언가 더 해내고 싶은 사명감 때문이라도 건강하게 오래 살고 싶다면 나의 지금 식단이 과연 건강한지 염려를 담고 살펴볼 필요가 있다. 당을 줄이기 위한 나의 노력, 먹고 싶지 않은 육류를 어떻게든 조금이나마 먹어보려 했던 시도. 그런 행동들이 조금씩 내 건강에 청신호를 가져온 거라 굳게 믿으며 오늘도 무얼 개선하면 몸에 활력이 생길지 가볍게 걸으며 생각해본다.

병아리콩 카레

온갖 채소를 넣은 카레는 간편하게 만들 수 있는
대표적인 한그릇 요리. 특히 병아리콩을 밥 또는
카레에 넣어 만들면 씹는 즐거움이 있고,
단백질을 더 보충할 수 있으므로 즐긴다.
병아리콩은 사용하기 전에 12시간 정도 불려 두는데
이른 아침에 불려 두면 저녁에 사용할 수 있다.

재료

카레 가루 1.5인분, 중간 크기 새우살 7미 내외, 그린빈 5개, 감자 1개, 양파 1/2개, 당근 1/2개, 불려 둔 병아리콩 한 주먹

만드는 법

1 새우살은 맛술을 뿌려 잡내를 제거해준다.
2 감자, 양파, 당근을 작은 크기로 네모썰기 한다. 그린빈도 한 입에 넣기 좋은 크기로 자른다.
3 냄비에 기름을 살짝 두르고 손질한 채소를 볶는다. 채소가 어느 정도 익으면 새우살을 넣고 살짝 익힌다.
4 익힌 채소와 새우에 물 500ml 정도 붓고 끓인다.
5 병아리콩을 넣어서 익힌다.
6 감자와 병아리콩이 익을 때까지 5분 정도 더 끓인 다음 카레 가루 1.5인분을 넣어 냄비 바닥에 카레가 들러붙지 않도록 걸쭉해질 때까지 잘 저어가며 2분 정도 더 끓인다.

∴ 병아리콩은 흰 쌀밥에 함께 넣어 지은 다음 카레와 섞어 먹기도 한다.

냉동실 안
비상식량

　작은 대나무 찜통인 샤오롱에 쪄낸 중국식 만두 샤오롱바오를 살짝 터트리면 삐져나오는 육즙, 생강을 넣은 간장을 살짝 뿌려 호호 불어 먹으면 '이 맛에 고기를 즐기는군' 하며 뒤늦게 고기 맛을 아는 사람처럼 군다. 내가 지금 돼지고기를 먹는 방법은 만두다. 원래 햄이나 베이컨도 가끔 먹었지만, 육가공품의 부패를 막고 색을 넣기 위해 사용한다는 아질산나트륨이 세계보건기구가 지정한 1급 발암물질이라는 소식에 공포를 느끼고 먹지 않게 되었다. 소량 섭취하면 몸에 이상이 없다는 이야기도 들리나 이렇듯 쉽게 육가공품을 포기하게 된 이유는 당연히 본래 좋아하지 않았고 돼지고기를 먹겠다는 일념으로 의무적으로 먹었기 때문이다. 하지만 만두는 다르다. 본래 즐기는 음식이다.

아시아 사람이라면 누구나 중국 문화의 영향을 비껴갈 수 없다. 포크가 아닌 젓가락을 일상적으로 쓸 때처럼 생활 깊숙이 침투해 있는 문화다. 내가 비상식량으로 상비해 두고 있는 만두 또한 그렇다. 만두의 기원이 어디인지는 정확히 알 수 없고 여러 설說이 난무하나, 제갈공명이 만들었다는 이야기가 가장 대중적이다. 제갈공명이 남만과의 싸움을 마치고 촉나라로 돌아오는 길에 노수에서 풍랑을 만난다. 강의 물살이 거세어 건널 수 없었는데, 그 강에 원한에 사 묻힌 귀신들이 가득해 사람 머리로 제사를 지내야 한다고 했다. 제갈공명은 사람을 죽일 수 없기에 사람 대신 밀가루 안에 돼지고기 등으로 속을 채운 만두를 만들어 강에 던져 제사를 지냈더니 강이 조용해졌다고 한다. 노수대제瀘水大祭라고 하는 이 이야기는 후세에 덧붙였으므로 사실과 다르다는 주장이 많다. 만두饅頭의 한자에서 두는 머리를 의미하니 적어도 제갈공명 이야기가 음식의 작명에 영향을 미친 게 아닌가 싶기도 하나 만두가 어느 나라에서 처음 만들어졌는지는 확실치 않다. 기원이야 어찌 되었든 우리나라에서는 고려 때에도 즐겨 먹었을 만큼 오랜 역사를 가지고 있는 음식이다.

나는 맛의 고장이라 불리는 전라남도가 고향이지만, 만두는 남쪽 지역에서 먹는 음식은 아니었다. 명절 때 만두를 빚는다는 말은 서울에 살기 시작하면서 처음 접한 개념이다. 남도

지역은 쌀이 많이 나는 따뜻한 고장이라 명절 때면 떡을 했을 뿐, 밀이나 메밀이 나지 않았기 때문에 만두를 빚지 않았다는 견해가 있다. 아빠는 젊은 시절 강원도에서 군 복무를 하며 토끼고기나 꿩고기가 들어간 만두를 처음 접해보셨다고 했다. 어릴 적 만두는 외부에서 들어온 식문화이자 사 먹는 별미로 가정식이 아닌 외식이었다. 그래서 내가 만두를 일상으로 먹게 된 건 어른이 되어서다.

만두는 골라 먹는 재미가 있다. 새우만두처럼 해물을 넣기도 하고 이북식 만두에는 나물이 들어간 삼삼한 맛이 좋다. 오이를 넣어 여름에 먹는 규아상처럼 계절을 담기도 하고 매콤한 김치만두는 우리나라 고유의 만두다. 찐만두, 군만두, 튀긴만두, 만둣국 등 여러 조리법도 만두를 맛있게 먹게 한다. 하지만 내가 만두를 비상식량으로 정하고 냉동실에 상비해 두는 이유는 그 단순성에 있다. 탄수화물, 단백질, 비타민을 동시에 먹을 수 있는 간편함, 속을 잘게 다져서 부드럽게 씹히는 편안함, 만두 다섯 개만 먹어도 충분히 허기진 배를 채울 수 있다는 경제성. 이런 장점들은 비상식량으로 쉽게 사두는 라면을 없애고, 만두에 그 자리를 넘겨주게 되었다. 예전에 내게 인스턴트 라면은 크게 먹고 싶은 음식이 없는 날, 대충 한 끼 때우기 위한 가장 좋은 비상식량이었다. 출출하면 야식으로 라면을 먹는 게 아무런 거리낌 없던 시절 한 묶음 저렴하게 파는 라면을 사면 금세 동이 났을 만큼 중독성 강한 식량이기도 했고. 인스턴트여도 튀긴 면이 아닌 생면으로 된 라면을 사는 등 조금 더 괜찮은 품질의 라면을 사보곤 했지만, 지나치게 짠 국물에 담긴 면이라는 점은 변하지 않았다. 게다가 달걀의 비릿한 맛이 국물에 섞이는 게 싫어 달걀을 풀지 않았던 내게 굴을 넣지 않은 이상 그 자체만으로는 단백질을 기대할 수 없는 한 그릇 음식이기도 했고. 가공식품을 끊고자 할 때 가장 먼저 라면을 사두지 않았는데, 눈에 보이지 않으니 가끔 생각이 나도 라면을 먹지 않게 되었다. 대신 그 자리를 만두로 채웠다.

만두를 먹으면 더부룩한 느낌이 들 때가 곧잘 있었는데, 그렇다고 만두를 나와 맞지 않은 음식이라 치부하기엔 내가 돼지고기를 일상에서 쉽게 먹을 방법인데 어떻게 만두를 포기할 수 있을까. 그건 나에게 맞는 청바지를 찾는 과정과 같았다. 다리가 짧다고 모든 청바지가 어울리지 않는 게 아니라 내게 어울리는 청바지를 찾으면 된다는 생각처럼. 나는 소화가 잘 안 되는 이유를 만두피에서 찾았다. 여러 만두를 먹어본 끝에 전분이 많이 들어간 유독 쫄깃쫄깃한 만두피를 소화하기 어렵다는 사실을 알았다. 그렇게 찾은 건 우리밀로 만든 만두인데, 우리밀은 글루텐 함량이 낮아 수입밀에 비해 소화가 잘 된다고 한다. 저렴한 품질의 양 많은 음식을 넘치게 먹으면 건강을 잃지만, 양이 적더라도 좋은 품질로 만들어진 음식을 조금 먹는 편이 건강에 도움이 된다는 나의 지론은 만두를 살 때 무항생제 돼지고기를 썼는지, 우리밀인지와 같은 기준을 들이댄다.

밥 대신 별미가 먹고 싶은 날, 추운 겨울이면 만둣국을 끓인다. 우려낸 멸치다시국물에 만두를 다섯 개 넣고 표고버섯과 양파, 당근 등 채소를 양껏 넣어준다. 간장 또는 소금으로 살짝 간하면 완성되는 간편한 만둣국. 추위에 웅크렸던 온몸을 나른하게 만들어준다. 뚝딱 만들어 냈지만 이만큼 든든하게 속을 채우는 요리도 없다. 냉동실에 만두가 늘 자리 잡고 있다면 갑자기 쌀이 떨어졌을 때(그런 일은 무척 드물겠지만), 밥보다 간편한 별미가 먹고 싶을 때, 어쩌다 기름진 튀김이 먹고 싶지만 이렇다 할 재료가 없어도 만두 하나만 있다면 모두 해결되니 이보다 더 쓰임 많은 비상식량은 없을 거 같다.

건어물과 만난 만둣국

다시팩을 사용하지 않고 냉장고에 있는 건어물을 넣어
만둣국을 만들어본다. 요리 응용력이 생겨나면서부터
인터넷 검색으로 찾은 레시피를 덜 참고하게 되었다.
황태, 건새우, 표고버섯이라는 감칠맛을 책임지는
식재료를 넣은 만둣국 만들기.

재료

만두 2~3개, 황태채, 건새우, 표고버섯, 고추, 대파, 소금(향이 들어가지 않은 일반 소금), 굴 분말(선택), 참기름 약간

만드는 법

1 국그릇 1인분으로 물을 계량해 넣는다.
2 물이 끓으면 먹기 좋은 크기로 손질한 황태채, 건새우, 표고버섯을 넣고 끓인다.
3 만두를 넣고 만두가 익어서 둥둥 떠오를 때까지 5분 정도 더 끓인다.
4 소금 간을 살짝 한 다음 굴 분말을 반 스푼 넣는다.
5 고추와 대파를 넣고 가볍게 끓인 뒤 마무리. 참기름 한두 방울이 고소한 맛을 더한다.

뜨거운
프라이팬

　　주말 점심을 준비한다. 한 그릇 요리로 가볍게 먹을 생각. 프라이팬이 달궈지는 동안 파를 썬다. 기름과 만나면 근사해지는 채소는 단연 파다. 썰어놓은 대파를 뜨거운 기름에 볶아주면 향이 깊어지는데, 여기에 어떤 재료를 함께 볶아도 풍미 있는 요리가 된다. 새우 볶음밥을 만들기 위해 뜨거운 파 기름에 달걀 물을 부으면 치이익거리는 소리와 함께 달걀이 빠르게 익어간다. 긴 조리용 나무주걱으로 휘 저어내면 파와 달걀이 혼연일체되어 큼지막한 달걀 소보로가 만들어지고, 몽글몽글한 노란색과 초록색의 조화로움을 바라보고 있자면 맛있는 기대감이 피어난다.

　　7할의 건강, 3할의 맛. 생선은 굽지 않고 찌고, 채소는 샐러

드로 항상 잡곡밥. 이렇게 건강에 사로잡힌 요리법을 고집하는 건 재미도 없고 맛도 없다. 무엇이든 습관이 되고 길들면 익숙해지듯 집에서 요리하는 생활이 길어질수록 내 미각은 자극적인 맛보다 건강하고 순한 맛을 좋아한다. 그렇다고 건강한 식사에 과한 집착을 보이는 오소렉시아 너보사Orthorexia Nervosa는 아니다. 유기농 식품을 먹거나 가공식품을 가려 먹는 등 건강한 음식을 챙겨 먹는 데 신경은 쓰지만, 칼로리를 일일이 계산하고 한 끼를 건강하게 먹지 않았다는 이유로 자책하는 강박까진 없다. 식습관을 교정하던 초반에는 어쩌면 오소렉시아 너보사 식이장애를 잠시 겪었을지도 모르겠지만, 단순하게 요리해 먹는 생활이 이어지다 보니 그렇게 일일이 건강을 따져가며 식사하지 않아도 체화된 상태. 아마 그러한 건강 강박증은 나도 모르는 사이에 자연 치유되었을지도.

고른 영양섭취를 목표로 차리는 밥상은 개별적인 양은 적지만 종류는 다양하게 담아낸다. 예컨대 잡곡밥, 국(된장국이나 콩나물국, 오징어무국, 미역국 등 종류는 다양하게), 생선구이 또는 달걀말이, 낫토와 김, 채소 반찬(신선한 채소와 절임 또는 무침을 함께 낸다), 멸치볶음과 같이 밑반찬 약간 작은 그릇에 담고 여러 그릇을 나무 쟁반 위에 정갈하게 담는다. 마치 식당에서 먹는 정식 같은 상차림이다. 하지만 여름에 입맛이 없으면 소면을 삶아 진한 콩물에 넣어 간단하게 콩국수를 만들어 먹고 식사를 마쳐도 괜찮다. 식욕과 의욕이 모두 넘치면 탕수만두를 만들기도 하니 메뉴를 정하는 데 특별한 제약은 없다. 물론 언제나 양을 과하지 않게, 천천히 먹겠다는 선은 지킨다.

나에게 기름에 볶거나 튀긴 음식은 확실히 큰마음 먹고 만드는 맛있는 음식의 영역이다. 기름에 튀겨서 맛없는 건 없다. 기름이 부리는 마법은 별다른 재료를 쓰지 않아도 확실한 맛을 보장한다. 여러 자투리 채소와 달걀만으로도 오믈렛부터 볶음밥까지 무엇이든 따뜻할 때 먹는 기름진 맛은 늘 흡족하다. 비오는 날 자글자글 끓는 기름에 부쳐낸 전 냄새가 다른 집 창문 넘어 스멀스멀 올라오면 거부할 수 없다. 별다른 재료가 없다면 밀가루와 김치라도 꺼내 김치전이라도 부쳐야 할 만큼 중독적

인 기름 냄새다. 생선 역시 구워야 제맛이고.

　달콤한 모든 건 공짜가 아니다. 맛있는 음식에는 대가가 따라온다. 쓰고 남은 기름을 키친타올로 닦고 기름이 사방대로 튄 부엌의 타일과 가스레인지 상판을 닦는 노동은 무슨 수를 써도 비켜나갈 수 없다. 심지어 나에게 뜨거운 기름 공격까지 퍼부으며 혼비백산하게 만든다. 불 맛을 입힐 의도는 전혀 없었는데, 프라이팬 손잡이를 움직여 생선을 뒤집다가 비린내를 잡겠다고 뿌린 맛술의 알코올에 불이 붙어 눈앞에서 생선이 화형당하는 모습을 지켜봐야 할 때도 있었다. 불이 날까 봐 겁을 먹은 채로, 한 손은 소화기를 찾으며. 기름 쓰는 요리에는 모험이 있다. 번거로움도 있다. 간단한 요리만 주로 하는 내게 난이도가 높고 뒷정리도 만만치 않아 그렇게 환영할 만한 방법은 아닌데, 3할의 맛이 나를 기름 요리의 세계로 인도한다.

　언제나 가스 불 세기 조절과 이 정도면 맛있게 익었겠다는 확신으로 불을 끄는 시점이 오늘 요리가 성공할지 말지에 대한 중요한 승부수가 된다. '덜 익힌 걸 먹느니 좀더 익힌 편이 낫지.' 밥도 꼬들꼬들한 된밥보다는 물기가 어느 정도 있는 진밥 쪽이 좋은 나라서 필요보다 오래 볶거나 굽는 편이었는데, 그런 버릇이 요리의 맛을 떨어트리고 재료의 영양도 파괴한다는 걸 알면서도 쉽게 조절되지 않았다. 기름에 볶거나 굽다 보면 살짝 탄

듯 갈색으로 그을릴 때가 있다. 특히 빵이나 감자같이 전분이 들어 있는 음식에서 나타나는데, 지나치게 구워 갈색으로 변한 토스트처럼 그을리면 '아크릴아마이드'라는 발암 물질이 생겨난다고 한다. 그래서 전분이 든 음식은 옅은 황금색이 될 때까지만 굽거나 튀기는 게 좋다.

　'건강염려증도 아니고 오소렉시아 너보사 식이장애도 아니야'라고 애써 부정하지만 모르면 몰랐지 알게 된 위험만큼은 될 수 있는 대로 피해 가자는 주의다. 인정한다. 나는 건강한 식습관 강박을 (일상생활에 지장이 없을 정도로) 갖고 있다. 그런데 이 정도 강박은 오히려 여러 이점을 가져온다. 건강 챙기는 건 둘째치고 기름 쓰는 요리는 짧게 하는 게 좋다고 의식해 요리한 뒤로 적당히 익은 요리를 먹게 된다. 무엇이든 지나치면 좋지 않다. 과거에는 맛 9할, 건강 1할로 먹고 살았고 식습관 교정 때는 건강 9할, 맛 1할이었는데, 이제는 그나마 맛이 3할까지 세력을 넓혔다. 점점 균형을 잡아가다 보면 각기 절반의 비율로 식생활에 이상적인 자세를 갖출 수 있지 않을까. 하지만 비례와 질서, 조화를 이루는 가장 아름다운 황금비율은 1 : 1.618이니 건강 쪽에 조금 더 무게를 싣고 먹는 편이 좋겠다고 근거 없는 결론을 내린다.

맛살 말고 진짜 게살 볶음밥

파기름, 달걀, 각종 채소, 어떤 종류의 단백질 재료든
기름과 만나면 환상적인 일품 요리가 된다.
굴소스만 있으면 쉽게 맛을 낼 수 있는
게살 볶음밥의 핵심은 진짜 홍게살이 들어갔는지 여부다.

재료

원하는 만큼의 홍게살(통통한 게살의 형태가 살아 있는 것으로 준비), 달걀 1개, 대파, 브로콜리(선택), 밥 1인분, 굴소스

만드는 법

1 중간불로 프라이팬을 달군 뒤 기름을 두르고 채 썬 대파를 넣고 빠르게 볶아 파기름을 만든다.
2 파기름에 달걀을 깨트려 넣고 요리 주걱으로 빠르게 섞어 달걀 소보로를 만든다.
3 홍게살을 넣어 살짝 볶은 뒤 밥을 넣어 볶는다. 이때 갓 지은 밥을 사용하면 죽이 되는 사태가 발생할 수 있으므로 반드시 뜨거운 김이 사라진 밥을 쓴다.
4 브로콜리를 넣어서 살짝 익힌다.
5 굴소스를 티스푼으로 2회 분량 넣고 살짝 볶아서 마무리한다. 양념은 쉽게 타므로 모든 재료를 볶은 뒤 마무리로 넣는다. (굴 소스를 재료에 바로 떨어트리기보다 팬 한 귀퉁이에 살짝 끓인 다음 섞어주면 불맛 비슷한 맛이 난다.)

굴철이 오면
나는 애국자가 된다

오이스터 바. 얼음이 가득 깔린 접시 위로 굴 껍데기 반을 뗀 반각굴이 레몬과 함께 있다. '그러니까 생굴에 레몬과 소스를 뿌려서 먹는 음식이라는 거잖아. 생굴에는 역시 초장인데……' 잡지에 나온 고급 레스토랑에 외국인들이 근사하게 차려입고 굴을 집어 드는 사진을 보며 양 많은 봉지 굴 하나 사서 겨울 무랑 같이 국이나 끓여 먹어야겠다고 입맛을 다신다. 칼슘이 풍부해 '바다의 우유'라 불리는 굴은 가을부터 겨울까지 식탁 위의 단골손님이다. 고급스러운 오이스터 바의 존재를 알기 전까지만 해도 이 세상에 굴처럼 싸고 맛있는 건 없다고 생각했던 친근한 식재료. 굴 넣은 전라도식 김치, 굴전, 어리굴젓, 굴뭇국 심지어 라면을 먹던 시절에는 라면에도 듬뿍 넣어 먹을 정도로 겨울 굴은 지천으로 널린 서민 음식이다. 확실히 한국 사람들은 여기저기 굴 양식장이 넘치고 자연산 굴도 쉽게 구할 수 있는, 신이 굴 축복을 내린 나라에 살고 있다. 굴 귀한 줄 모르는 한국 사람인 나는 만약 외국에서 살게 된다면, 굴을 잔뜩 먹기 위해 겨울이면 철새처럼 한국으로 돌아올 거 같다. 어딘가로 이주할 생각도 없으면서, 막연히 그런 마음을 먹는다.

"부자들은 추위도 더위도 모르는 인류가 분명해. 따뜻한 히터가 나오는 차를 타고 말이야, 지하주차장에 차를 세우고 엘리베이터를 타고 그런 세상에 살잖아."

지하철을 타고 집에 가던 나는 친구 B에게 메시지를 보내며 내가 살아보지 못한 온실 속 화초가 된 삶에 관해 이야기하지만 그건 지금 만원 지하철이 답답해서 내뱉는 일시적인 생각의 도피일 뿐, 나는 미래에 반드시 그렇게 살고 싶은 게 아니라 여겼다. 하지만 입 밖으로 말을 꺼낸다는 건 어쨌든 신경을 쓴다는 의미. 불쾌한 순간이면 어김없이 사계절을 인지하지 못하는 삶을 꿈꾼다. 쾌적한 온도 22℃로 주변이 늘 온화한 봄날이고, 비가 오는 날에도 비 한 방울 맞을 일이 없고, 뜨거운 태양에 땀을 흘릴 일도 없는 완벽하게 쾌적한 삶을 산다는 건 어떤 느낌일까. 한겨울 지하철은 더웠고 온통 검은색 패딩을 입은 사람들로 가득하다. 인고의 시간이 지나고 지하철에서 내린다. 지하철역에서 빠른 걸음으로 10분. 몹시 덥게 있다가 갑자기 혹한의 온도로 내쳐진 내가 집까지 추위를 뚫고 걸어야 하는 시간이다. 볼이 꽁꽁 얼 정도로 추운 날, 집에 들어오니 바깥보다는 온화한 기운이 감돈다. 목에 둘둘 말아둔 머플러를 풀고, 코트를 벗고 재빠르게 보일러 난방 스위치를 켠다. 손을 씻고, 추위에도 아랑곳하지 않고 배고프다 울어대는 내 배를 달래기 위해 샤워하기 전 저녁 식사로 굴뭇국을 먼저 끓이기로 한다. 봉지 굴을 뜯어 씻어 두고, 무를 나박나박 썰고, 마늘을 살짝 다지고, 실파도 썰어 두고, 끓는 물에 무를 넣어 끓이다가 어느 정도 무가 익으면 굴을 넣어 끓인다. 보일러는 바닥을 데우고, 요리하며 생긴 훈김으로 집 안에 따뜻한 공기가 가득 찰 때 문득 내가 좋은 집에 산다고 느낀다.

이 간극. 추위에 잔뜩 시달리다가 따뜻한 집으로 돌아와 내 손으로 밥을 하다 보면 어느새 몸과 마음이 풀려 있다. 고생해봐야 집의 소중함을 알게 된다는 극한의 경험까지는 아니지만 언제든 돌아올 수 있는 곳이 있다는 안정감. 겨울에는 유독 집이 썰렁하고, 외로운 공간처럼 보일 때도 있지만 따뜻한 국물이 있는 저녁상을 차리면 여러 사람이 북적대며 사는 집 같다. 몸을 뉘고 몇 가지 물건을 보관하는 공간이 아니라 혼자 살아도 정말 가정이라 이름 붙인 집에 살고 있음을 깨닫는 순간이다. 서른다섯이라는 나이 차이에도 불구하고 소설 〈호밀밭의 파수꾼〉을 쓴 샐린저의 연인이 되어 더 유명해진 작가 조이스 메이나드는 "좋은 집이란 사는 게 아닌 만들어지는 것이다A good home must be made, not bought."라고 말했다. 나는 어디에 머물든 지금 이곳, 내게 좋은 집을 만들어간다.

추위와 배고픔에 떨며 돌아온 집에서 먹는 집밥 한 끼. 배를 채우고 포근한 침대 안으로 들어가 웅크리고 있으면 여기가 천국이다. 아직 공기 중엔 잔잔한 굴 향이 남아 있고, 식후 디저트로 귤 하나 까먹는 순간의 행복. 환기를 시키느라 살짝 열어둔 창문이 냉랭한 바람을 불어넣고 있지만, 이렇게 나를 지키는 집에서 보호받는 기분이면 과거에 대한 회한도 미래에 대한 걱정도 없이 여기에 존재한다는 기분을 어렴풋이 알겠다. 그러다 인간도 곰처럼 겨울잠을 자는 생활을 그린다. "잘 자고, 봄에 만나." 인사하고 동면휴가 받아서 모두 잠이 드는 풍경은 얼마나 고요하고 평화로울까. 다소 늦은 아침에도 짙은 어둠이 깔려 있고, 필요보다 오래 잠이 쏟아지는 겨울이 오면 그런 허황한 소망을 가진다.

오늘의 보양식 굴뭇국

겨울에 영양이 차오른 굴과 무를 활용해 만들기 쉬운 겨울 일상식.
우윳빛깔 굴을 즐겨 먹으면 피부가 뽀얗게 되는 착각이 인다.
그만큼 먹고 나면 왠지 기운이 솟아 피부가 재생되는
느낌적인 느낌이랄까. 오랫동안 정력에 좋다고 알려진 굴에 담긴
풍부한 아연 성분이 그런 기분을 가져다주는지도 모른다.
기력 딸리는 겨울에는 굴을 먹어보자.

재료

굴 100g 내외, 무 3cm 두께 반 토막, 마늘 한 쪽, 고추와 대파 약
간, 소금

만드는 법

1 굴을 흐르는 물에 씻어서 체에 받친다.

2 무를 한 입 크기로 나박나박 네모 썰기 한다.

3 마늘 한 쪽을 다진다.

4 국그릇 1회 분량의 물을 넣어 끓인다.

5 물이 끓으면 무를 넣고 익혀주다 무가 익으면 굴과 마늘을 넣
어 3분 정도 더 끓인다.

6 소금으로 살짝 간하고 고추와 대파 약간 넣고 살짝 더 끓인다.

4

혼자의 기념일

지금 남은 추억과 앞으로의 기억

일 년의 첫날과
미역국

　1월 1일은 전 세계 사람들이 약속한 새로운 해의 첫 번째 날이지만 누구에게나 일 년의 첫날은 따로 있다. 바로 생일. 생일이 특별한 건 대부분의 사람에게 아무 날도 아닌 어떤 평범한 날이 나, 그리고 내게 소중한 사람이 태어났다는 이유만으로 의미를 지녀서다. 살면서 늘 좋은 날만 있는 건 아니고 그렇다고 불행만 있지도 않았다. 높낮이 없이 무탈하면 충분히 한 해 잘 살았다 여기며 나만의 일 년이 새롭게 열리는 생일에는 과거를 정리한다. 흥겨운 파티나 축하 메시지가 가득한 날이 되어도 좋지만, 역시 새로운 시작을 위해 비우는 날이 필요하다. 다시 채우기 위해서.

　생일 무렵 휴가를 내서 여행을 가고, 평소 눈여겨 두었던 물건을 사거나 근사한 레스토랑에서 밥을 먹으며 한 해 동안 열심히 살아온 나에게 물질적 보상을 가득 안겼던 과거의 축하 방식이 변했다. 지금은 생일에 집에서 쉬며 별다른 이벤트 없이 유언장을 고쳐 쓰며 소란스럽지 않게 지난 한 해를 회상한다. 유언장이라 하면 꽤 엄숙하고 슬프게 느껴질지도 모르나 계속되고 있는 생의 중간 점검으로 보는 편이 정확하다. 어떤 감정도 섞지 않고 문장을 완벽하게 쓸 생각도 하지 않고 손글씨로 간결하게 재산 목록과 장례 방법에 대한 메모 정도로 유한한 인생을 마주 보며 내가 만약 이 세상에서 사라질 경우 남은 사람들에게 나와 관련한 정리를 돕기 위한 참고다. 그리고 여러 주변 정리를 한다. 한 해가 지나도 쓰지 않은 '어쩌면 필요할지도 몰라' 하는 물건을 버리고, 생일을 맞아 쏟아지는 각종 광고 메시지에서 벗어나고자 무료수신거부를 부지런히 한다. 덕분에 필요한 정보만 얻고, 영업 전화가 걸려오지 않아 일상 곳곳의 티끌 같은 짜증을 없앨 수 있었다.

새해 대청소를 하는 마음으로 심신을 다듬고 맞이하는 나만의 새로운 일 년은 점차 더워지기 시작하는 초여름 막바지에 시작된다. 지금은 작고한 샤넬의 상징적인 존재인 디자이너 칼 라거펠트는 '삶에서 가장 좋아하는 것은 새로운 시작What I love best in life is new starts.'이란 말을 남겼다. 나이 한 살 더 먹은 나 또한 새로움, 그리고 시작이 좋다. 이제까지 안 해본 일 또는 더 깊이 해보고 싶은 일에 대한 기대로 부풀어 오른다.

생일이면 부모님께 전화해 태어나게 해주셔서 감사하다는 말을 하기 시작한 때도 생일을 축하하는 방식을 바꾼 뒤다. 삶을 돌아보면 나이는 하루하루 열심히 때론 무기력하게 살았던 시간의 합이었고, 언뜻 평온해 보이기도 한 일상이었으나 여러 고민과 감정의 소용돌이 속에서 그래도 성실하게 나를 지켜내며 보낸 시간의 합이었다. 그렇게 한 살 더 먹었다. 생일에 가족 혹은 가까운 지인과 괜찮은 식사를 하기도 하지만, 집에서 혼자인 나는 자축용 케이크나 미역국을 요란스레 준비하지 않는다. 만약 그날 미역국이 먹고 싶다면 집에 있는 재료로 간단하게 끓일지도 모르나 생일이니까 챙겨야 한다는 억지스러운 마음으로 기념하진 않는다. 그저 여느 때와 같은 일상의 음식을 먹으며 마음이 깊어지는 순간을 만끽한다.

나는 생일에 종종 친구 J를 떠올린다. 대학에서 만난 J는 타인에 대체로 무관심했던 나와 다른 부류의 사람이다. 나는 그보다 주변의 사람들에게 많은 관심과 배려를 베푸는 사람은 여태 만나지 못했다. 단과대학 학생회장을 역임했을 만큼 적극적이고 책임감도 강했고. 대학교 1학년 때 오스트랄로피테쿠스에 대해 배우고, 학교 내 박물관에서 고려 시대 절에서 출토된 기와를 무늬별로 분류하는 아르바이트를 하며 공부했지만 숨겨

둔 내 꿈은 늘 화려한 패션계에 있었다. 그랬기에 수학 포기자이자 뼛속까지 문과생임에도 불구하고 대학교 2학년 때 이과계열 학생들이 가는 생활과학대 의류학과로 전과했다. 그때 만난 식품영양학을 전공하던 친구가 J다. 대학 졸업 후 특별히 취업한 상태도 아닌데 무모하게 고향을 떠나 서울에서 자취하며 앞이 보이지 않는 미래를 만들어가려 고군분투하던 시기, J가 내가 자취하던 원룸에 놀러 와서 며칠 묵게 되었다. 이력서와 자기소개서를 매일 쓰고, 서류 전형부터 거절당하는 게 자주여서 기대하지 않으면 실망도 작다는 자기 위안으로 살던 때였다. 마음의 여유가 전혀 없었던 막막한 시절에 맞은 생일은 전혀 기쁘지 않았다. J가 아침부터 인스턴트 미역국이나마 끓인다고 부산을 떨지 않았더라면 그날은 무척 암울했을 예정이었다. 생일이되어 한 살 더 먹었는데 아무것도 이루지 못하고 있는 내가 좌절되어서. 요리는 전혀 하지 않는 자취방이었기에 이렇다 할 요리도구는 하나도 없었는데, 그 당시 내가 J를 부르던 애칭 '장금이(요리를 잘하는 친구였기에 드라마 〈대장금〉에서 따왔다)'에 걸맞게 고작 인스턴트 미역국으로도 엄청난 맛을 냈다. 아마 마음이 그 맛을 느꼈을 테다. 나는 아직도 미역국을 일회용 스푼으로 휘젓던 J의 몸짓을 기억한다. '뭐가 아무것도 없어서 인스턴트밖에 끓일 수 없었어.'라고 중얼거리던 것도. 따뜻하게 웃으며 '오늘 생일이잖아, 축하해. 어서 먹어.' 했던 친구의 다정한 목소리를 가끔 떠올리면 그때나 지금이나 큰 위안이 된다.

좋은 날도 많았건만 유독 힘들었던 때를 잊지 못한다. 그때 내밀어줬던 손길과 다정한 말이 가슴에 기억된다. J의 인스턴트 미역국은 힘든 날에도 나를 지켜봐주고 위로해주는 사람이 있었다는 이유만으로 살아갈 힘을 얻었던 사회초년생의 생일을 떠올리게 한다. 그 후로 취업을 하고, 내 한 몫 해내가며 자리 잡던 중에 내 생일을 멋지게 챙겨준 소중한 사람들이 늘어간다. 생일마다 함께 여행을 떠나 현지에서 케이크를 사고, 초와 성냥을 구하겠다며 함께 파리와 홍콩의 어느 거리를 헤맸던 M도 있고, 이것저것 솜씨를 부려 상다리 부러지게 차려 서프라이즈 생일 파티를 해줬던 오빠에게도 고맙다.

소중한 사람이 웃는 모습을 보는 게 자신의 행복인 사람들. 타인이 가진 것이 아닌 타인 자체에 관심 있는 사람들. 살아가는 의미가 무엇인지 아는 사람들. 이제 생일은 내가 주인공이 되는 날로 삼기보다 내가 여태껏 살아오며 만난 소중한 사람들의 다정함을 기억하고 나는 어떻게 되돌려줄 수 있을지 고민한다. 그렇게 떠들썩한 분위기 없이 고요히 나만의 한 해를 맞이한다.

봄의
향수

전라남도 장흥군은 표고버섯 산지로 유명하다. 아빠의 고
향이자 어린 시절 명절 때면 누가 누구인지 알 수 없을 만큼 많
은 친척으로 붐비던 곳이기도 하고. 봄이 오면 생각나는 음식
은 봄나물인 달래가 아닌 표고버섯. 표고버섯은 봄부터 가을까
지 수확되지만 내겐 봄을 기억하는 맛이다. 할머니가 만들어주
셨던 '주꾸미 표고버섯 초무침'은 여전히 내게 가장 맛있는 고
향 음식으로 남아 있다. 전라도는 곡창지대이자 산과 바다도 있
어 온갖 식재료를 얻기에 좋은 지리적 이점을 갖고 있다. 봄이
면 가까운 바다에서 잡은 주꾸미를 장에서 사 오고, 미나리를
캐서 다듬고, 할머니 댁에 넘칠 만큼 있었던 표고버섯을 초고
추장에 무쳐낸 음식이 바로 '주꾸미 표고버섯 초무침'이다. 거기
에 들어간 양념 하나하나 손수 만들지 않은 게 없었다. 고추장

도 식초도 마늘도 모두 직접 만들어 먹었던 시절. 그렇게 온갖 노고를 한 접시에 담은 음식은 나에게 봄을 열었다.

지금은 사라졌지만, 할머니와 할아버지가 증조부모를 모시고 살며 일곱 명의 자녀를 키워낸 너른 시골집은 곳곳에 추억의 맛이 스며 있었다. 장작으로 불을 피워 난방하고 그 아궁이에 오빠와 구워 먹던 밤, 여름날 모기를 쫓으려 머리가 지끈거리는 모기향 대신 마른 풀을 태우던 저녁 무렵 평상 위에 앉아 별을 보며 먹던 찐 옥수수와 감자. 집 안에 있던 작은 동산(아마도 집 터를 다지고 생긴 흙을 쌓아 만들었을 듯한)에서 키우던 감나무에서 감을 따 먹고, 어린 내게 너무 커다랗던 백구가 무서워 먹던 곶감이나마 휙 던져 멀리 백구를 보낸 뒤에야 한옥 마루에서 내려오던 기억도 있다. 이 모든 추억의 끝에는 대가족 틈에 끼어 먹었던 할머니의 밥상이 자리한다.

할머니는 온 가족이 인정할 만큼 요리 솜씨가 뛰어나셨는데, 가마솥에서 지은 윤기 나는 쌀밥, 마당 한 귀퉁이에 자리 잡고 있었던 커다란 돌절구에서 찧은 고춧가루로 양념한 채소 반찬이 어린 입맛에도 무척 달았다. 그런 소박한 반찬이 맛있었던 이유는 밭에서 갓 수확한 채소를 상에 올리던 자급자족에 가까운 생활 덕분이었다. 그 시절 할머니 댁은 산에서 표고버섯 농사를 지었는데 잘라 둔 나무를 길게 줄지은 다음, 곳곳에 홈

혼자의 기념일

을 내고 하얀 무언가로 메운 것이 가득했다. 내 기억이 맞는다면 그 하얀 틈에서 버섯이 자랐다. 버섯 농사 이후부터 할머니댁에도 조금씩 최신 기기들이 들어왔다. 버섯 건조기가 그랬고, 추후 현대식 부엌으로 개조된 집이 그랬다. 많은 노동을 요구하던 생활기반이 세월이 흐르면서 점점 편리해졌다.

주꾸미 표고버섯 초무침은 자연의 품에서 보낼 수 있었던 어린 시절의 추억이다. 지금도 엄마는 내가 집에 갈 때마다 새콤하고 매콤한 그 초무침을 해주신다. 나는 그 음식에서 우리 가족의 뿌리를 찾는다. 음식에는 집안 고유의 환경이 담길 수밖에 없다. 지역마다 나는 특산품이 다른 법이고, 같은 재료도 집집이 만들어낸 사람에 따라 다르다. 그렇게 내 안에 깊게 자리잡은 고유한 음식 문화가 만들어낸 미각이 작은 도시에서 태어나 더 큰 도시에 정착해 살아가고 있는 지금도 시골 사람으로서의 기질을 끌어낸다. 어리광과 떼를 쓰는 게 일상이었던 시골 어린이는 오빠와 사촌, 시골에서 사귄 친구의 꽁무니를 쫓아다니며 산과 들을 헤집고 다녔다. 가장 큰 역경은 개구리를 우연히 만날 때뿐이었지만 이마저도 소리를 질러 어른들에게 개구리가 있다고 울며 매달리면 끝이었던 아주 속 편하던 때. 그건 내가 기억할 수 있는 가장 오랜 추억으로 인생이 막 시작되던 시기에 맞이한 진짜 봄이었다. "지금이 좋을 때다." 엄마는 어린 나에게 깊어진 눈매로 그런 말을 하곤 했다. 어른이 되어보니 다른 관점으로 세상을 보게 된다. 할머니와 첫째 며느리인 엄마는 집 안에 우물도 있었던 그 시골 살림을 어떻게 하셨을지, 정말 고생이 많았겠다는 생각에 눈시울이 뜨거워진다. 그때 그 음식을 추억 어린 정성의 맛 정도로 치부하기엔 너무 작다. 어쩌면 삶 전체가 녹아들어 있었던 게 아닐까. 하루의 모든 시간을 가족을 먹이기 위해 쏟아붓는 삶이란 얼핏 단순하게 보이나 요리에 큰 의미를 찾지 못하는 사람이라면 그저 버텨내야 했던 고단한 하루하루였을 거라고.

봄이 오면 나는 주꾸미 표고버섯 초무침을 봄을 맞는 의식처럼 집에서 만들어 먹는다. 만드는 과정이 내가 만드는 다른 음식에 비한다면 꽤 번거롭다. 주꾸미의 뺄을 깨끗하게 씻어서 내장을 손질해야 하고, 미나리를 다듬고, 표고버섯도 모두 데쳐야 한다. 데쳐낸 모든 재료를 먹기 좋은 크기로 썰고 고추장, 식초, 꿀, 마늘 등을 섞은 양념장으로 잘 비벼낸다. 향긋한 미나리 냄새와 표고버섯의 향이 섞이고 쫄깃한 주꾸미가 함께해 입맛이 절로 돈다. 하지만 언제나 엄마보다 할머니보다 못한 맛이다. 내 요리 솜씨가 별로여서일까. 내가 쓴 재료들 어느 하나 밭에서 갓 따온 게 없어서일까. 아무튼 맛은 다르다. 하지만 그 음식을 먹을 때면 나는 나의 출발점을 떠올린다. 미래라는 개념조차 없었고, 시골 멍멍이와 눈싸움을 하며 겁먹지 않으려 안간힘을 쓰던 아이가 기억하는 가족의 모습. 봄이 오면 내가 보고 배운 부지런한 기질을 일깨우며 앞으로 잘 살겠다. 각오를 다진다.

　나는 집안을 일으켰다는 여성들의 삶에서 깊은 인상을 받곤 했다. 『임원경제지』로 익숙한 실학자 서유구의 생애와 조선 후기 음식에 대한 고증과 재현이 엮여 있는 책 『조선 셰프 서유구』에서 서씨 집안을 일으켜 세운 고성 이씨 할머니의 이야기도 그러했다. 본래 앞을 보지 못한 이씨 할머니는 어린 나이에 미망인이 되는 등 여러 역경 속에서도 과감한 결단력으로 안동의 집을 정리하고 오로지 어린 아들의 교육을 위해 한양으로 간다. 그 후 뛰어난 음식 솜씨로 약주, 약과, 약식(이씨 할머니로부터 이러한 음식의 이름이 비롯되었다 하는데, 아들인 서성은 선조 때 호조판서를 지냈으며 그의 호는 '약봉'이다)을 만들어 생계를 이었고, 선조가 '약산춘'이라는 이름을 친히 내릴 만큼 술 빚는 솜씨 또한 탁월해 궁에 진상하기도 했다. 이씨 할머니가 호언장담했듯이 커다란 집에 손님이 끊이지 않을 정도로 정승과 판서를 지속해서 배출하는 명문가가 되었다는 멋진 이야기다.

　부지런하고 지혜롭고 욕심 많은 사람의 이야기에 마음을 곧잘 빼앗기는 까닭, 그림자처럼 머물며 집안의 살림을 도맡은 게 전부인 줄 알았던 조선 시대 여성의 선입견이 몽땅 깨지는 이야기는 가슴 뛰게 한다. 뛰어난 능력도 멋지지만, 살아가는 이유에 의심 없는 모습이 아름다워서다. 한눈팔지 않고 자신의 신념에 따라 올곧게 살아가며 가족을 위한 삶이 곧 자신이라는 그런 희생정신은 숭고하게 느껴진다. 아직 내가 만든 가족이 없어서인지 그런 삶의 태도는 내가 이해하기엔 사실 지나치게 깊은 개념이다.

나는 개인이 강조되는 시대에 산다. 가족이 우선시되는 뿌리를 가졌으면서 자라오며 받은 교육은 개인의 역량을 갈고 닦는 게 우선이었다. 무엇이 더 나은지 줄을 세우고 싶은 마음도 세울 수도 없지만 내가 가족에게 물려받은 유산만큼은 기억한다. 어떤 힘듦 속에서도 절대 포기하지 않고 부지런히 살림을 꾸려나갔던 성실함. 그리고 넉넉한 먹거리로 우리 가족을 품어주었던 시골의 기운이다. 봄, 새로 시작하는 때다. 계획은 실천해야 의미가 있다. 무엇이든 해나가야겠다는 의지로 가득 찬다.

과거의 맛,
새로운 맛

　부끄러운 데를 내보인 듯 민망하고 수치스러운 기분. 한마디로 창피를 당한 날은 침대에 누워 좌로 뒹굴, 우로 뒹굴 하다다 이불을 걷어차는 '이불킥'을 마친 뒤에야 감정이 조금은 사그라져 간다. 일에 있어 중요한 발표를 마치고 떨떠름한 반응을 받았거나 상대방과 대화하다가 내가 왜 그랬지 싶은 말실수를 했던 그런 날. 상대에게 잘못했다면 진심을 담아 사과하면 서로 불편한 마음이 풀릴 텐데, 미묘하고 애매한 실수는 나를 오래도록 괴롭힌다. 일상의 순간마다 자꾸 떠오르고 과거의 한 장면을 재편집하여 과장하고 확대하여 해석한다. "완벽주의자여서 그래."라는 위로의 말에 나는 내게 거는 기대치를 낮게 잡고 있다고 말로만 그랬을 뿐 언제나 완벽했으면, 더 잘했으면 좋겠다고 욕심을 냈다는 걸 깨닫는다. 자존심이 센 만큼 낯도 두꺼우면 좋을 텐데 뻔뻔해져야지 되뇌지만 타고난 기질이 그렇지 않다.

과거를 불태워버리고 싶은 날에는 떡볶이다. 떡볶이는 건강식과 거리가 멀어 부끄러운 기억을 소각하고 싶은 날이 아니면 적극적으로 먹지 않는다. 그런데 스스로 낸 생채기가 쉽게 엷어지지 않는 날이면 매콤한 떡볶이를 먹으며 스트레스를 푼다. 매운맛이 어째서 기분을 풀어주는지에 대한 과학적 메커니즘에 따르면 매운맛은 통증이고 이를 완화하기 위해 엔도르핀이 나와서 그렇다고 하는데, 일종의 독은 독으로 치료한다는 이독공독以毒攻毒인가? 매운맛이라 해봤자 혀가 얼얼하지도 쿨피스처럼 단맛 가득한 음료수가 필요하지도 않으며 물을 자꾸 마시고 싶을 정도의 짠맛은 아닌데 꽤 기분이 풀린다. 아마 어릴 때부터 학교라는 사회 활동무대에서 얻은 사소한 부끄러움을 떡볶이로 잊었던 순간들이 쌓인 결과일지도 모른다.

초등학생 때는 길거리 분식집 큰 철판에 가득 끓고 있었던 떡볶이가 하나에 50원. 중고등학생 때는 친구들과 모여서 즉석 떡볶이를 시켜 쫄면이나 라면 같은 사리를 넣어서 불이 미어터지도록 양껏 먹으며 우정을 떡볶이로 다지곤 했다. 떡볶이를 먹으며 별로 대단치 않은 이야기로 와자지껄 떠들곤 했는데, 그러다 보면 수업 시간에 멍하니 있다가 반 친구들 앞에서 선생님

게 지적받은 나 혼자만 영원히 기억할 낯 뜨거운 순간도, 수학 점수가 형편없어 눈물이 날 정도여도 떡볶이를 먹을 때만큼은 중요치 않았다.

삼십 년을 훌쩍 넘게 살면 무척 지혜로운 어른이 될 줄 알았는데 겉으로는 감정을 잘 다루는 척 괜찮은 척 연기하지만 속은 여전히 여러 감정에 쉽게 휘둘린다. 상처를 받는 건 나이와 상관없다. 감정을 어떻게 다루고 또 해소해야 할지 그 방법을 세월 속에 익혀 조금은 더 세련된 태도('이불킥'도 그 범주에 넣을 수 있는 거라면)를 가질 뿐. 어쩌면 아는 게 점점 많아지고 숨겨진 분위기를 민감하게 감지하는 촉이 발달하여 필요보다 더 많은 상처를 받는지도 모른다. 유럽을 뜻하는 한자식 표현 구라파를 구파발(서울의 지하철 역이름)로 잘못 말한 게 얼굴이 새빨개질 만한 일은 아닐 텐데, 다만 대화 상대가 내가 유능한 사람으로 보이길 바랐던 어려운 상사였기에 그런 사소한 헷갈림마저 수치로 다가온다. 그런 나만 아는 부끄러움은 실상 상처도 아니고 고민거리도 아니지만 은은하게 남아 나를 괴롭힌다. 상대의 평가에 민감한 사람이 갖는 지나친 자기검열 때문에 자신이 가장 괴롭다.

어릴 때 모습처럼 조금은 더 천진하고 무던하게 살면 좋겠다. 마음을 진정시키기 위해 만드는 떡볶이는 추억 가득한 과거

혼자의 기념일

의 음식이 아닌 현재진행형이며 아마 이변이 없는 한 미래에도 계속 먹을 만큼 좋아하는 음식으로 남을 거다. 물론 지금 만드는 떡볶이는 과거와 다른 새로운 맛이다. 예전에는 떡볶이 양념을 케첩과 고추장, 설탕으로 하고 어묵과 떡, 양배추와 파를 넣은 분식집 표였다면, 새로운 맛의 떡볶이는 일단 매운맛이 덜하다. 밀보다 쌀로 만든 떡을 사고, 어묵이 가공육의 일종이란 말에 어묵 줄이기에 나선 나는 새우나 건새우, 때로 여러 해산물을 넣어 기름 떡볶이를 만든다. 떡볶이 양념은 고추장과 스리라차 소스에 꿀을 넣은 이제까지 먹어보지 못한 색다른 맛. 그렇게 과거의 맛 위로 새로운 맛의 지층이 겹겹이 쌓인다.

"과거로 돌아가고 싶지 않아. 지금이 행복해."

나는 현재에 만족한다고 말하고, 언니는 과거를 잘 살아왔기에 지금에 만족할 수 있는 거라 한다. 그러나 실상 꼭 그렇지만은 않다. 과거를 돌이켜보면 마냥 행복한 순간보다 힘든 시기가 더 자주 떠오른다. 지금 내가 알고 있는 모든 걸 몽땅 기억한 채 과거로 돌아갈 수 있다 해도 실수하지 않고 완벽해질 거라 믿지 않는다. 과거를 다시 한 번 살 수 있다 해도 가지 못한 길을 걷다 보면 또 다른 고충이 생겨날 테니 지금에 만족하는 게 가장 행복한 일. 여태껏 좋은 추억은 남기고 초라한 기억은 최대한 없애며 나를 지켜왔다. 과거에 좋은 선택이라 믿었지만, 예상과 달리 쓸쓸한 결과를 내고 실망했을 때 다행히 내 마음을 잘 추슬러 극복했고. 그런 경험들이 나를 단단하게 한다. 과거에 후회한 일이 있다면 지금부터 하면 된다는 마음가짐으로 살아가는 게 때론 전부다. 그러려고 나는 사소한 실수도 허투루 망각하지 않고 기억하고 있나 보다. 작은 실수 또한 자꾸 반복되다 보면 좋은 인상을 남길 수 없다는 위기의식 때문에 그토록 벗어나려 애를 써도 여전히 기억하고 있는 거겠지. 누군가는 행복한 기억으로 가득한 과거에 붙들려 지금을 살지 못하기도 하지만 나는 그 반대다. 내가 흐지부지 넘어가지 못하는 과거의 실수에 발목 잡히지 않기 위해 어쨌든 계속 걸으며 지금을 산다. 그렇게 여든이 넘는 나이에도 새로운 미술 기법을 도입하여 창작활동을 하는 영국의 화가 데이비드 호크니의 말에 감화될 수밖에 없다. "나는 향수에 잠기는 타입이 아니다. 그저 현재를 살 뿐이다."

파스타
독서회

미미가 숨을 고르기 위해 말을 멈췄다.

"너는? 왜 결혼을 안 하려는 거지?"

나는 아빠와 엄마를 생각했다.

"괴롭힘당하는 게 싫기 때문이야. 그리고 내 돈, 내 집, 내 일을 갖고 싶어. 난 죽을 때까지 나 자신을 위한 삶을 살고 싶어."

어리지만 가정부로 일하는 '조앤'을 우리 집에서 열리는 독서회에 초대했다. 그녀의 어린 시절, 가정부가 된 이력, 지금의 일 그리고 가치관을 들려주기 시작했을 때 나는 무척 흥미진진한 눈으로 그녀의 이야기를 쫓았다. "일을 하지 않고, 남자에게 자신이 먹을 빵을 의존하면 어떻게 행복해질 수 있겠어요If you don't work, if you depend on a man for your bread, how can you be happy?"라고 했던 패션 디자이너 미우치아 프라다와 비슷한 생각을 조앤에게서 발견한다. 검은 가죽 장정에 금색으로 적힌 책 제목이 인상적인 조지 엘리엇의 소설 『다니엘 데론다』가 교양을 한껏 높여줄 거라 하길래 나도 슬쩍 책 제목을 메모해둔다.

> "삶이 네게 좋은 걸 주려고 하면 냉큼 받아. 알아듣겠니? 좋은 학교에 가서 배울 수 있는 건 모두 배우도록 하고. 교육받은 여성, 배운 여성이 되는 거지. 넌 반드시 그렇게 될 거야."

조앤을 격려하고 조언을 아끼지 않는 사람들 덕분에, 그리고 하녀로 일하면서 감수성을 곱게 가꿔나가는 그녀 자신의 기질로 인해 그녀는 반짝였다. 죽을 때까지 무식한 소녀로 남아 있으라는 법은 없다며, 볼티모어에 살며 미술관과 도서관을 찾고 연주회와 극장에 갈 거라 다짐했다는 조앤이 바라는 대로 예술과 문화가 존재하는 삶을 살기를, 그렇게 소리 없는 대화를 마쳤다.

이날 열린 나의 '파스타 독서회'에는 로라 에이미 슐리츠의 소설 『어린 가정부 조앤』이 함께했다. 내가 독서회 주제로 잡은 '우아한 삶의 기준은 어떻게 만드는가'에 선정된 책이었다. 태생과 상관없이 우아한 삶을 살아가기로 한 독립적인 소설 속 캐릭터를 탐구해보는 시간이 무척 의미 있었다. 나는 아무 목적 없이 두서없이 책을 읽곤 한다. 조금은 산만한 독서 버릇. 그래서 정돈된 독서를 하고자 파스타를 먹으며 즐기는 개인 독서회를 마련했다. 익숙하게 반복되는 일상의 한 부분에 의미를 부여하면 이전과 다른 특별함과 재미가 생긴다. 아이들만 성장을 위한 놀이가 필요한 게 아니고 어른이 되어서도 죽을 때까지 잘 놀아야 하기에 나는 독서 놀이를 한다. 특히 혼자 잘 노는 사람이 되는 건 중요하다. 가족, 친구, 연인이 늘 곁에 있어줄 수 없고 혼자 잘 놀면 소중한 사람들의 시간을 내게만 맞춰달라 요구하지 않게 되어 섭섭한 마음이 생기지 않는다. 그리고 혼자 잘 노는 재능을 가꾸면, 여럿과도 재밌게 놀 수 있다.

잘 놀기 위한 흥미로운 아이디어가 샘솟으면 집에서 나만을 위한 작은 이벤트를 개최한다. 이를테면 '러시아 문학의 밤' 같은 행사. 매서운 겨울 추위가 찾아올 무렵의 어두운 밤, 낮은 조도의 따뜻한 조명, 담요, 푹신한 쿠션, 블루투스 스피커를 준비한다. 차이콥스키 음악을 들으며 시베리아 한파에 걸맞은 러시아 문학을 읽는다. 많은 양에 엄두가 나지 않았던 『안나 카레니나』 같은 책도 몰입하며 읽을 수 있다. 독한 보드카를 마시지 못하는 체질이어서 다소 아쉬웠던 이벤트. 어떤 행사든 음식은 '신스틸러scene stealer'다. 책이란 주인공 못지않게 빛나는 조연. 파스타 독서회는 파스타가 있기에 독서회가 될 수 있다.

왜 하필 파스타일까. 파스타면은 보통 10분 내외로 비교적 오래 삶아야 하므로 준비하는 과정부터 책을 읽을 수 있다. 끓는 물에 올리브오일 약간, 소금 적당히 넣고 파스타면이 몸체를 부풀리기 시작하면 냄비 바닥에 면이 눌어붙지 않도록 기다란 조리용 나무주걱으로 쓱쓱 중간중간 저어준다. 한 손엔 책을 들고 읽으면서. 파스타를 만들 때면 냄비 근처를 서성일 수밖에 없는데 지루해서 책을 읽으며 기다린 뒤로는 가끔 면이 벌써 다 익었다고 아쉬워한다. 펜네나 푸실리 같은 쇼트 파스타가 책을 보며 한 입씩 먹기 편하다. 푸실리면에 새우와 양송이버섯, 바질 페스토를 넣어서 익힌 다음 접시 하나에 담고, 먹기 좋게 찢은 양상추를 곁들인다. 샐러드용 올리브오일을 양상추 위에 슬쩍 뿌려주고 후추 살짝. 파스타 한 접시에 샐러드까지 담으니 상차림이라 해봤자 접시 하나, 포크 하나가 전부다. 파스타 접시를 두고 흡족한 마음으로 혼자의 독서회에서 꼭 필요한 준비물인 독서대를 펼친다. 얇고 가볍지만 천 페이지에 가까운 책도 버티는 요긴한 물건. 책을 독서대에 올리면 손이 자유로워지고 손목에 무리가 없다.

파스타는 언제나 모임, 그리고 여러 친구들이 떠오르는 음식이다. 외식 메뉴로 이탈리안 레스토랑을 거부하는 친구는 아직 없었을 만큼 호불호가 크게 갈리지 않는다. 친구보다 먼저 약속 장소에 도착하면 나는 자리를 잡고 식전 음료로 이탈리아 탄산수인 산펠레그리노를 얼음 없이 주문한다. 달콤한 음료를 마시지 않고 술도 마시지 못하는 나로선 기분 전환을 위해 탄산수만큼 좋은 음료는 없다. 식전 음료로 개운해진 입안 덕분에 음식에 대한 기대감은 높아지고, 오랜만에 만난 친구는 어떤 이야기보따리를 풀려나 궁금한 마음으로 메뉴판을 들여다본다. 잠시 후에 친구가 온다. 각자 주문한 파스타를 사이에 두고 펼쳐지는 이야기의 진수성찬은 지금부터 시작이다. 최근에 다녀온 여행 이야기, 가고 싶은 곳, 사회적 이슈 중에 인상 깊었던 몇 가지에 대한 견해, 우리가 각자의 시간 속에 살면서 이룬 작거나 큰 성취, 요즘 가진 고민. 이야기는 언제나 가볍게 시작해서 무겁게 다시 가볍게 끝난다.

결국 사는 건 녹록지 않지만 그래서 흥미진진한 법이라고 서로 위안을 얻는 시간. 역시 음식보다 더 맛깔난 건 저마다 열심히 살아가는 이야기다. 밝은 기운을 내뿜는 친구를 만나고 돌아오는 길엔 발걸음이 가볍고 마음이 따뜻해진다. 여러 친구와 교제하면서 마음이 밝고 생각이 탁하지 않은 사람과 사귀는 건 로또 당첨과 같다 느낀다. 물론 내 마음이 그런 사람을 발견할 준비가 되어야지만 만날 수 있으니 운이 전부는 아닌 나의 노력이 필요하지만. 친구를 만났을 때 모든 게 자랑처럼 들려 괴롭다면 지금 생활이 불안정해 마음에 여유가 없다는 신호다. 그럴 때는 나를 일단 돌본다. 친구의 지속적인 투덜거림을 참아주기 어려워 스트레스라면 거리를 두는 편이 정신건강에 이롭다. 만나자는 말에 망설여지거나 마음이 불편하다면 친구가 아니다. 선한 영향을 끼치는 사람들과의 유대감은 살아가기 위한 기본이다. 우아한 삶의 태도는 여유에서 나오고 마음의 여유는 그런 사람들과 교제할 때 생긴다. 문득 '모든 생명체에게는 햇빛과 물처럼 친절한 말 한마디가 필요하다.'고 했던 조앤이 떠오른다. 나는 멋진 사람들과 어울리는 말투, 태도, 생각을 가졌는지 잠시 생각해본다. 그러다 또 다른 책 속 어떤 캐릭터에게 앞으로의 삶에 반영할 만한 멋진 아이디어를 얻을 수 있을지 새로운 독서회를 계획한다.

스콘
데이

파프리카와 브로콜리가 먹고 싶어서 야심한 밤에 끙끙대는 일은 없다. 언제나 생각나는 건 밀가루 음식. 중독이란 이름은 용케 잘 참다가도 한번 시작하면 끝을 볼 때까지 멈출 수 없는 경우에 붙일 수 있다. 엄격하고 금욕적으로 살아갈 마음은 없는데 자꾸 참다 보니 일상이 수행이요, 고행이다. 그렇게 수행을 거듭하다 보면 해탈의 경지에 오르는 건가 싶다가도 100일을 채우지 못하고 "쑥과 마늘은 너나 먹어." 하고 외치며 뛰쳐나간 호랑이가 된다. 그래서 일탈의 날인 스콘데이를 만들고야 말았다.

꼭 먹는 문제에 한정된 건 아니다. 유독 힘겨운 한 주를 보낼 때가 있다. 곳곳에 쌓인 마음의 찌꺼기를 청소하기 위해 정작 아무 일도 하지 않는 날이 꼭 필요하다. 일탈의 날은 일주일에 한 번 주말에 정기적으로 가지면 어떨까 생각도 해봤지만, 무탈한 한 주를 보내면 주말에도 의욕이 넘치곤 해서 반드시 날짜를 지정해 지키진 않는다. 다만 '답답해, 아무것도 하기 싫어.'라는 기분이 넘치기 직전까지 차오르면 나는 일탈의 날을 미리 준비한다. 별칭이 '스콘데이'일 만큼 주말이 오기 전에 그날 먹을 스콘을 미리 사두고, 가볍게 읽을 책을 몇 권 산다. 그렇게 준비하며 아무것도 하지 않을 날을 기다린다.

아무 휴일 중 하루가 밝았다. 장소는 침대 또는 소파. 드레스코드는 어제 입고 잠든 그대로 파자마. 지금 몇 시인지 확인하는 몸짓은 금지. 휴대전화는 침대 옆 협탁 서랍에 넣어두고 꺼내지 않는다. 휴대전화 감금은 SNS를 비롯해 세상과 단절되어 방해받고 싶지 않은 나, 기분이 나아질 때까지 내가 만든 동굴에서 나오고 싶지 않다는 의지다. 해는 밝고, 아직 배는 고프지 않다. 어차피 집 밖으로 한 발자국도 움직이지 않을 예정이니 아침 식사는 아무 시간에 배가 고프면 먹는다. 창을 열고 환기를 하는 동안 원하는 만큼 멍하게 있다 보니 '꼬르륵' 신호가 온다. 어제저녁부터 나는 무계획으로 가득한 오늘을 기대했기에 다소 들뜬 기분으로 달콤한 아침 식사를 준비한다. 주전자에 물을 끓이며 오늘 메인 메뉴인 스콘과 클로티드 크림에 곁들일 포트넘 앤 메이슨의 홍차 티백을 찻잔에 담는다. 스콘은 어

혼자의 기념일

느 제과점에서 샀느냐에 따라 크기가 제각각이라 조금 큰 크기의 스콘은 절반으로 자르고, 작은 크기의 클로티드 크림을 절반만 덜어서 가장 예쁜 접시에 담는다. 사과 외에도 디저트용 과일을 꺼내 예쁘게 잘라서 세팅. 홍차가 우려질 동안 테이블을 어떻게 하면 더 예쁘게 꾸밀 수 있을지 그릇의 배치를 이리저리 바꿔본다. 아침 햇살은 부드럽고, 군데군데 홍찻물이 든 식탁보는 새하얗지 않지만, 생활의 흔적이 묻어 있어 정겹기만 하다. 모든 게 느리게 흘러간다.

허밍어반스테레오 노래를 꽤 좋아했던 나는 〈샐러드 기념일〉이라는 노래를 들으며 '너가 맛있었다고 했던 살구빛 샐러드, 그날은 샐러드기념일'이라는 가사에서 기념일이란 대단한 사람들이 뜻을 모아 지정하지 않아도 개인적으로 비공식 기념일은 얼마든지 만들어도 된다는 극히 단순한 사실 하나를 발견했다. 그런 생각으로 이름 붙인 스콘데이는 세파에 시달리며 지친 나를 구하는 날이다. 나를 옭아맸던 절제와 규칙에서 조금 자유롭고, 해야만 하는 일이 없는 하루. 모든 규칙에서 벗어나는 날이지만 마음은 풀어져 있어도 내 안의 습관이 나를 완전히 놓아버리지 않는다. 알람을 맞추지 않아도 점심 시간 때까지 늦잠을 자는 일은 벌어지지 않듯이. 평소 먹을 수 없었던 스콘이 허락되었다는 아주 사소한 일 하나만으로 만족하는 소박한 날이다. 호밀빵은 식사로 아침에 먹긴 하지만, 하얀 밀가루로 만들어진 빵은 중독성이 지나치게 강하므로 도무지 참을 수 없을 때 아침에만 가끔 먹자는 규칙. 이런 규칙들은 얼핏 피곤하게 느껴지지만 '이번 한 번쯤이야'가 하루하루가 되지 않도록 절제하기 위해 필요하다.

　어쩌다 스콘 한 번은 매일 먹는 스콘과 다르다. 넘치게 가지고 있고, 쉽게 얻으면 귀한 줄 모르지만 갈망하다 기다린 끝에 얻게 되면 소소한 것도 세상을 얻은 듯 기쁘다. 나에겐 이날 먹는 달콤한 음식이 주는 의미가 참 크다. 당을 내키는 대로 먹지 않겠다는 식사 규칙을 어기지 않기 위해 평소 노력했던 보상이며, 종일 생산적인 일을 하지 않아도 괜찮은 이유는 평소 열심히 일했기 때문이다. 일상을 지키기 위해 때로 일탈이 필요하다. '해야 하는데 하고 싶지 않아'의 마음이 크면 스트레스가 된다. 쉬고 싶다는 신호를 받으면 놓아버린다. 그래야 다음 날부터 또 열심히 살아가는 기운을 얻는다. 그래서인지 일탈의 날에 해가 질 때까지 침대에 붙어 책을 읽고 가볍게 요리해 먹던 나는 저녁쯤이 되면 내일 일과표를 짜고, 더욱 먼 미래의 계획을 세우는 등 생산적인 일을 이끌리듯 한다. 종일 마음 가는 대로 한 뒤에 다시 정돈된 일상으로 돌아갈 준비를 하는 마무리. 평소에 엄두도 내지 않았던 엄청난 일탈을 하지 않기에 원상 복귀가 빠르다. 살아가는 데 도움이 되는 일탈은 큰 자극이 없고, 내가 읽은 가벼운 책은 다른 사람들의 행복한 일상과 열심히 사는 모습을 담은 마음이 간질거리는 내용이다. 그래서 일탈이라 이름 붙인 하루 끝에 오히려 깊은 만족감을 느낀다. 내일부터는 다시 지금 할 수 있는 일들에 성실히 임하며 살아야겠다는 기운을 충전한다. 그래서 좋은 날이다.

아몬드 팥죽
한 그릇

　며칠 전부터 이날이 왔으면 혹은 오지 않았으면 했는데 아침에 익숙한 기분이 든다. 생리 첫날이다. 나는 건강하고 아직 젊구나. 이맘때면 곧잘 느꼈던 부정적인 감정은 지우고 이달 치 몫으로 미리 사둔 유기농 생리대를 꺼낸다. 주말 끼고 시작했다면 참 좋았을 텐데, 평일 아침인지라 바깥 활동에 온갖 불편함이 예상된다. 한두 번 겪는 일은 아니지만, 약물을 쓰지 않고서야 날짜는 내 마음대로 조정할 수 있는 게 아니니 그저 받아들일 수밖에. 여느 아침처럼 침대를 정리하고 일어나, 생리 첫날에 먹는 아침 식사로 냉장고에서 팥죽을 꺼내 데운다. 그러고 보니 팥죽을 집에서 만들지 않은 지 꽤 오래되었고, 사 먹는 게 당연해졌다. 파이렉스 계량컵에 담아 전자레인지에 데운 팥죽의 새알이 흐느적거릴 만큼 녹아 있다. 보기만 해도 먹음직스럽

다. 수프 그릇에 팥죽을 옮겨 담으니 좀 어색하지만, 나는 더 낯선 토핑을 준비한다. 냅킨을 반으로 접어 그 사이로 통 아몬드를 넣고 허니 스틱의 뭉툭한 부분에 힘을 주어 냅킨 덮은 아몬드를 부순다. 그리고 무심하게 팥죽 위에 뿌려준다. 전통의 맛은 남아 있을지언정 담음새에 전통의 멋은 없다.

　팥에는 철분이 많이 들어 있어 빈혈과 생리 때 좋다고 한다. 하지만 영양학적 지식이 있고 없고를 떠나 오래전부터 그 날짜가 다가올 즈음이면 팥죽이 먹고 싶었다. 몸은 똑똑해서 제가 필요한 영양소가 이제까지 먹었던 어디에 많이 들어 있음을 아는 눈치다. 아니, 원래 나는 팥을 좋아했는데 생리를 핑계로 한 번 더 팥으로 만든 무언가를 먹는지도 모른다. 팥죽은 컴포트 푸드Comfort Food에 가깝다. 편안하고 위로를 주는 음식이자 엄마가 떠오르는 맛이다. 하지만 그렇게 감상에 빠진 느낌보다, 그저 맛있다는 본능이 더 클지도. 어쩌면 그보다 조금 더 미묘할 수 있다. 유독 좋아하는 맛이라면 매일 먹을 수도 있겠지만, 그렇게 먹고 싶지는 않으니까. 팥죽을 먹을 때 필요한 건 어떤 명분이다. 그때는 절대 놓치지 않고 먹는다. 팥죽을 원하는 이런 복잡한 심리상태는 복날의 삼계탕과 비슷하다. 의식 같은 맛, 건강을 챙기고 무탈한 시간을 보내게 해달라는 바람을 음식에 담는 무속.

달력에 동지가 언제인지 확인해둘 만큼 동지는 내가 꼭 챙기는 절기다. 그날엔 꼭 동지팥죽을 먹어야 한다. 긴 겨울이 시작되는 신호탄 같은 날로 우울한 계절에 팥죽으로 불길함을 막겠다는 마음도 있는지 모른다. "액땜했다고 생각해." 우리가 사소한 손해가 생기면 의례적으로 건네는 말처럼. 앞으로 닥칠 더 커다란 곤경을 미리 작게 겪었다 믿고 마음을 달래는 위로처럼, 팥죽으로 다가오는 한 해의 두려움을 조금 해소했을터였다. 한해 중 밤이 가장 긴 동지는 음의 기운이 강한 날로 붉은 팥은 잡귀를 물리치는 힘이 있다고 믿은 조상들이 주변 이웃들과 팥죽을 나누며 귀신을 쫓고 한해의 무사안일을 빌었으니 요즘 서양식 문화에 빗대자면 일종의 할로윈 파티 아닌가. 물론 우리 조상들은 동지를 작은 설이라 부르기도 했다. 동그란 새알심을 나이만큼 빚어서 넣어 먹는 풍습은 그래서 생겨났다. 물론 이제 새알심을 내 나이에 맞춰 먹으려면 새끼손톱만큼 작게 빚어야 겠지만.

내가 독립한 뒤 가장 먼저 시도한 손이 가는 음식은 팥죽이다. 어릴 적 엄마가 팥죽을 끓일 때 종종 도와드리곤 했다. 고작 팥물이 끓으면 냄비에 눌어붙지 않게 옆에서 국자로 젓는 일도 도움이라면 그렇다. 눈으로 보고 배운 게 남아서 팥죽을 끓이는 방법은 모두 알고 있다. 다만 어릴 때와 달리 팥죽을 끓이겠다고 마음먹은 날에는 가스레인지 주변을 서성이며 온통 팥죽 쑤는 일에만 정신 쏟을 각오로 임한다. 팥을 잘 씻은 후 솥에 담고 한 번 짧게 끓여낸 뒤 물을 버리고, 다시 물을 넣어 팥이 물러질 때까지 푹 삶는다. 그사이 칼국수 면을 준비한다. 팥죽에 칼국수 면? 내 고향에서 팥칼국수는 절기와 거리가 먼 일상 별미다. 새알심 넣은 동지팥죽은 동지에만 먹는 특별한 음식이고. 그러고 보면 서울의 동지팥죽엔 밥알이 들어가 있어서 놀랐던 기억이 난다. 지역마다 팥죽 안에 넣는 게 모두 다르다니.

밀가루 반죽을 한 뒤 잠깐 냉장실에 숙성되도록 넣어두고 밀대로 밀어서 동그랗게 편 반죽을 켜켜이 접어 칼로 썰어주면 칼국수 면이 나온다. 엄마가 모두 이렇게 손수 만들었기에 당연히 죽을 만들 때는 이렇게 면까지 모두 내 손으로 뽑아낼 뿐 결코 파는 걸 넣겠다는 꾀를 내진 않는다. 엄마 요리 중 내가 유일하게 그대로 흉내내는 팥죽을 만들 때면 옛 방법을 고수한다. 삶아진 팥을 체에 올리고 국자로 꾹꾹 눌러서 팥을 으깨는 작업은 어깨와 손목이 아픈 노동이라 느끼지만 핸드믹서가 필요하진 않다. 팥앙금이 섞인 팥물을 끓이며 손으로 뽑은 칼국수 면을 넣어 익힌 다음 굵은 소금으로 살짝 간하면 팥죽 완성. 향긋하고 달콤한 맛이 입안 가득을 메운다.

5

혼자의 디저트

한 입의 만족, 여러 색깔의 기분

설레는
딸기의 시간

　겨울이 조금씩 깊어지면 나는 딸기를 기다린다. 딸기를 1일 1팩 하겠노라 즐겁게 다짐한다. 나는 매일 카페에서 커피를 사서 마시지 않고, 담배도 피우지 않으며, 술도 마시지 않으니 할 수 있는 사치라는 명분으로 한 팩에 만 원은 훌쩍 넘는 딸기를 거의 매일 산다. 포장 음식으로 끼니를 대충 먹었던 때에도 딸기 철이 오면 퇴근길에 꼭 딸기 한 팩을 사서 혹시나 얼까 봐 품에 안고 길을 걸었다. 나는 겨우내 성실한 딸기 중독자로 산다. 붕어빵을 팔아서 겨울이 아닌, 딸기가 있기에 겨울이다. 겨울 과일은 언제나 귤이었지만, 제철 과일이란 개념이 무색하게 온실 재배는 시간을 앞당겨 딸기 철을 이른 겨울로 바꿔버렸다. 귤이 절대왕정으로 군림하고 있는 겨울 과일 시장에 딸기라는 호적수가 나타났고, 그 뒤 나는 딸기 추종자가 되었다.

그렇게 딸기에 집착하다 보니 딸기의 품종을 언뜻 외관만 보고 추측할 수 있게 되었다. 길쭉한 '장희'는 모양이 귀엽지 않고, 단단한 '육보'는 주름진 육중한 몸집에 단단한 식감이 조금 아쉽다. 결국 달콤하고 부드러운 과육을 가진 '설향' 딸기를 골라 산다. 처음에는 그랬는데, 나중에는 판매되는 딸기 대부분이 설향 품종이어서 굳이 품종을 따질 필요도 없었다. 지금 유통되는 딸기 대부분은 설향이라지만 계속 여러 신품종이 눈에 보인다. 금향, 아리향, 죽향⋯⋯.

다양한 품종의 딸기를 조금씩 맛보는 것도 딸기 먹는 재미다. 여행을 가도 그 나라의 딸기를 먹어본다. 일본에서 사 먹은 딸기는 딸기 꼭지 모양이 마치 그림으로 그린 듯 귀여워서 눈으로 보기에 좋았지만, 치아가 산에 부식되어버릴 듯 시었다. 프랑스와 이탈리아에서도 딸기를 사 먹었던 기억이 어렴풋이 나는데 단지 먹었다는 것에서 끝나는 걸 보면 별다른 인상을 받지 못한 듯하다. 아마 내 과일 취향 때문일 테다. 한 입 베어 물면 물컹한 과육이 씹히고 미처 삼키지 못한 과즙이 입술 틈으로 죽죽 흐를 만큼 다디단 그런 과일이 좋다. 딸기는 그런 취향에는 완벽히 맞지 않음에도 불구하고 환한 붉은 색깔과 앙증맞은 모양이 예뻐서 보는 순간 사랑에 빠지고야 말았다.

겨울이 끝나갈 무렵이면 딸기값은 저렴해지고, 겨우내 물리도록 먹었던지라 나도 조금씩 딸기가 지겨워진다. 그렇게 초봄이 온다. 그리고 여러 고급 호텔의 딸기 뷔페 행사가 시작된다. 딸기 철의 마지막을 아쉬워하는 화려한 이별 파티처럼. 온갖 화려한 디저트가 딸기를 주제로 만들어지지만, 나는 여태까지 딸기 뷔페에 한 번도 가본 적이 없다. 딸기는 역시 눈으로 먹는 과일임을 입증하듯 온갖 사진으로 본 호텔의 딸기 디저트는 호화롭다. 호텔 딸기 뷔페와 비교할 수 없지만, 소박한 딸기 축제를 집에서 열어볼 수 있다. 디저트 만드는 고급 손기술이 없어도 딸기가 제 역할을 할 테니 어떤 기교도 필요 없다. 여느 제과점에 파는 생크림 작은 크기를 산다. 접시에 딸기를 손질해 두 세 개 담고 딸기에 생크림을 한 숟가락씩 발라주면 아주 손쉽게 딸기 디저트가 완성된다. 집에서 이보다 더 쉽게 만들면서 시각적으로 만족할 만한 과일 디저트는 없다. 딸기는 초콜릿과도 환상적으로 어울려서 딸기 두어 개에 질 좋은 초콜릿 한두 조각—캐러멜 솔티드와 같이 약간 짭짤한 초콜릿의 맛—이라면 내게 충분하다. 딸기 몇 개에 초콜릿 살짝, 홍차 한 모금. 작은 규모로 혼자 즐기는 만족스러운 티타임에 필요한 전부다. 이렇게 디저트로 단맛을 더한 딸기도 좋지만, 다른 과일처럼 딸기도 역시 그냥 먹는 편이 가장 신선하고 맛있다. 마치 한겨울 눈밭에서 병에 걸린 부모를 위해 절실하게 딸기를 찾아 헤매던 효자가 드디어 구해온 설레는 겨울의 맛이다.

혼자의 디저트

차가운
도시의 망고

달고 부드러운 바닐라 맛에 초콜릿과 아몬드가 섞인 아이스크림. 초콜릿 코팅을 깨부수면 천국의 맛이 나오는 하겐다즈. 유기농 원유로 만든 깊은 맛의 아이스크림.

지금은 작은 유리컵에 아이스 망고 몇 조각을 담아 반쯤 녹을 때까지 기다렸다 맛보는 망고 그대로의 맛. 식사 후 입을 개운하게 하는 심플 디저트.

오랫동안 나의 우울증 치료제였던 아이스크림은 한 입, 아니 한 통이면 모든 시름이 녹았다. 세상과 벽을 쌓고 고독에 빠져 있기라도 하면 마음은 위기의식을 갖고 진한 외로움을 느끼게 한다. 어서 사람들과 어울려서 너도 무리 생활에 적합한 사회적 동물임을 증명하라고 자꾸 등을 떠민다. 퇴근 후 유독 지치고 고단한 마음이 들면 아이스크림 가게에 혼자 앉아 창밖을 보며 아이스크림을 스푼으로 떠먹곤 했다. 외롭고 어쩐지 슬픈 기분을 집에 가져가고 싶지 않아서. 일시적인 만족감 뒤에 허무함이 스미면 외로움이란 감정이 녹은 뒤에 남는 기분이라고 믿었다. 될 듯하면서도 되지 않았던 좌절의 순간에도 아이스크림은 함께했다. 그러고 보면 알코올을 입에 거의 대지 않는 나에게 아이스크림은 일종의 술이었을까.

설탕은 사람의 기분을 빠르게 좋게 만들었다 바닥으로 내팽개치곤 한다. 6개월 넘게 이어졌던 '금당' 기간에도 참지 못할 만큼 존재의 허무함을 느꼈던 날에는 아이스크림에 손댔을 만큼 아이스크림을 향한 욕망은 언제나 넘실거렸건만 대체 언제부터 우울증 치료제는 없어도 괜찮게 된 건지. 그건 지금 내가 외롭지 않아서가 아니고, 좌절할 일이 없어서는 더욱 아니고, 결국 모든 일은 순리대로 풀릴 거라 나를 다독일 때부터라 추측한다. 물질에 의존하지 않아도 감정을 달래는 법이란 일어날 일은 일어나고 풀릴 일은 풀린다는 또 이렇게 운명론자의 입장. 마음의 짐을 운명에 맡겨버리는 방법으로 마음이 편해진다면 언제라도 감정을 보이지 않는 힘에 위탁한 채 인간인 나는 지금 할 수 있는 일에 집중하겠다.

아이스크림을 장바구니에 넣지 않게 된 뒤로 냉동실 한구

석에 아이스 망고가 자리한다. 서벗보다 차갑지 않고 아이스크림보다 달지 않다. 그냥 얼린 과일 그 자체다. 망고는 내게 일상을 벗어나 멀리 태국 같은 더운 나라에서 기분 전환을 하며 먹는 특별한 디저트 과일이었는데, 지금은 동네 슈퍼마켓에서도 흔히 살 수 있을 만큼 망고도 내게 그냥 망고가 되었다. 이 또한 살면서 변해버린 마음 중 하나. 식사습관을 바꾼 뒤로 수입 과일은 가급적 먹지 않으려고 했다. 잔류 농약에 대한 걱정 같은 건 사실 하지 않는다. 그런데 과일의 영양 문제로 접근하면 조금 다르다. 책『마이클 폴란의 행복한 밥상』에 따르면 농산물을 냉동시켜 유통하는 방식은 통조림 가공법과 달리 농산물의 영양적 가치가 크게 줄어들지 않는다 한다. 이동 거리가 멀수록 신선도와 영양은 떨어지기 마련이고, 갓 딴 과일이 가장 맛있고 영양도 풍부한 상태이므로 냉동 과일이 경우에 따라 영양 면에서 더 뛰어날 수 있다. 그래서 망고 같은 수입 과일은 냉동으로 사는 게 더 낫다는 결론을 내린다.

냉동된 망고 몇 조각이 여름 태양 빛에 어느덧 흐물흐물 녹아가면 과육이 좀 무르고 차갑긴 하지만 그래도 동남아 햇볕 아래서 먹는 그 맛 같기도 하다. 커다란 망고를 길게 잘라 과육에 그물처럼 칼집을 내고 껍질을 폭 뒤집으면 거북이 모양이 된다. 별다른 기술이 아닌데 유독 그렇게 망고를 잘라주면 아이처럼 즐거워했던 사람이 문득 떠오른다. 나는 모든 자잘한 과거의 행복을 여름에 모아두었나 보다. 여름이라는 단어 하나에 떠올리는 추억과 감정이 끊임없이 흘러나온다. 그때의 인연은 끊어졌고, 다시 만날지 어떨지 알 수 없지만 순수하고 좋았던 모습만 기억 속에 묻어둔다. 여름, 시원한 열대의 맛. 열대에서 난 과일을 얼려버린 그런 단순한 디저트를 닮은 맛처럼 기억도 감정도 무뎌진다.

미지근한
아이스티

창가에 자리 잡은 침대의 3분의 1만큼 해가 길게 들어온다. 이글거리는 태양이 따갑다. 침대에 누운 채로 가만히 있는 내 다리를 바싹 구워버릴 듯 열린 창으로 들어오는 오후의 해. 일요일은 온 동네에 나른한 기운이 감돈다. 소란스럽지 않은 공기 사이로 에어컨 실외기 돌아가는 기계의 소음만 반복적으로 들린다. 매미 울음보다 더 자주 듣는 여름만의 소리. 지독히 더운 여름 속에 나는 선풍기 하나에 의존하여 더위를 식힌다. 에어컨은 아무리 높은 온도에 맞춰도 지나치게 몸을 차갑게 만든다. 숨이 막힐 만큼 덥지 않은 날이면 에어컨은 켜지 않는다. 그러면 움직이지 않아도 땀이 난다. 그런 여름을 이 집에서 몇 해나 보냈다.

한여름 오후에 외출은 큰마음 먹지 않은 이상 되도록 하지 않는 편이 내 몸을 아끼는 일이다. 이토록 더울 땐 그저 집이 가장 안전한 피난처. 더위에 지쳐 아무것도 하기 싫은 일요일 오후에는 집에서 사적인 콘서트를 즐긴다. 한 번도 예매에 성공하지 못한 피아니스트 조성진의 피아노 리사이틀 대신 그의 실황 공연 영상은 집에서라면 얼마든지 볼 수 있다. 손가락 하나 까딱하기 싫을 만큼 게을러지는 여름날에 아이스티 한 잔을 마시며 듣는 피아노 연주는 아마도 누군가 여름에 시원한 맥주 한 캔을 손에 쥐고 영화 한 편을 보는 즐거움과 같을 거라고.

나의 아이스티는 조금도 차갑지 않지만, 기분만큼은 그렇다. 애초에 냉침은 시도해볼 생각도 하지 않은 채 평소처럼 뜨거운 물에 우린 홍차를 식힌다. 아이스티에 특화된 홍차를 따로 준비하지도 않는다. 일 년 내내 마시고 있는 꽃과 과일 향이 은은한 마리아쥬 프레르 마르코폴로 홍차를 식힌 다음 여기에 꿀과 레몬즙을 살짝 넣고 섞는다. 얼음 몇 개, 레몬 한 조각을 장식처럼 띄우면 오후에 즐기는 아이스티. 그런데 집이 더워서 음료 온도는 차갑지 않다. 얼음은 금방 녹아버리고, 아이스티 맛은 연해진다. 다소 밍밍한 아이스티 맛처럼 나의 여름은 불타오르지도 강렬하지도 않다.

가는 끈으로 된 납작한 금색 샌들에 엉덩이나 겨우 가릴 법

한 짧은 반바지를 입고 얼음으로 가득 찬 커다란 아이스티를 손에 쥔 채 어떤 휴양지의 해변을 걸었던 어린 내가 몰랐던 미래의 지금 내 모습. 하얀 모래 위 깊은 밤, 해변 축제에서 춤을 추고 야자수 그늘에 묶인 해먹에 누워 음악을 듣고. 오토바이와 작은 트럭이 붙어 있는 아주 부실한 이동수단을 아무 의심 없이 타고 일행들과 보홀섬을 돌며 언젠가 열대 섬에 살겠노라 했던 나의 꿈은 낮에 관광객에게 아이스티를 팔고, 저녁에는 글을 쓰는 생활이었다. 내가 가장 사랑했던 한여름의 꿈은 현재

진행형이 아니다. 그때 모험에 주저함이 없었던 나의 아이스티는 단맛 넘치던 립톤아이스티 복숭아 맛. 지금, 더울 땐 나가지 않는 게 목숨을 구하는 길이라며 밤에만 움직이고 세월이 간 만큼 철도 들어버린 나의 아이스티는 미지근하고, 씁쓸하고, 시고 살짝 달콤한 맛. 여름의 맛이 바뀌었다. 한때 여름은 내게 가장 들뜨는 계절이었지만 지금은 그렇지 않다. 언제까지나 설렐 거라 믿었던 순간은 더위를 못 참고 에어컨을 틀고 집 한구석에서 끙끙대며 원고를 쓰는 내 모습만 남긴 채 희미해졌다. 그렇게 순하디 순한 아이스티처럼 여름이 지난다.

크림치즈,
무화과 그리고 꿀

무화과를 처음 맛본 날 나는 '어른의 입맛이란 이런 것?' 하고 감탄했다. 외가댁 마당에 무화과가 열리면 그 아래 엄마가 자리 잡고 앉아 일어날 줄 몰랐다고 전해지는 엄마의 과일. 서른이 훌쩍 넘어서야 처음 먹게 되었으니 늦어도 너무 늦은 발견이다. 어릴 때 친근하지 않은 과일이나 채소를 쭉 먹지 않다가도 어른이 되면 문득 먹을 수 있게 될 때가 있다. 늘 먹던 익숙한 맛이 지겨워서 새로운 도전으로 미각을 환기해보고 싶은 날에 그런 마법이 일어난다. 그날도 장을 보러 나간 평상시와 같은 날, 달력은 가을을 향해 가고 있는데 여름은 여전히 기세등등했다. 무화과는 여름의 주인공인 수박과 멀리 떨어져 늦여름, 그리고 다가오는 가을의 향을 담고 놓여 있었고, 아무도 권하지 않는 희미한 존재감마저 스티로폼 그물에 푹 파묻혀 있었다. 혹시 입맛에 맞지 않으면 아까워서 어쩌지 할 만큼 서울에서 만난 무화과의 가격은 그리 싸지 않았다. 제철 과일의 매력에는 가격이 저렴한 편이라는 점도 있건만 무화과에선 그런 관대함을 기대하기 어려워 보인다. 호기심이 생겼다면 내게 맞지 않아 실패한다 해도 상관없으니 일단 해보기로 한다. 여러 경험이 쌓이면 쌓일수록 호기심이라는 귀한 마음은 쉽게 생겨나지 않는다는 걸 알아서다. '저건 별로일 거야. 내가 그 비슷한 걸 이미 예전에 해봤는데 좋아할 리 없어.' 하고 넘겨짚는, 추측하는 마음이 앞선다. 어린아이의 순수한 호기심은 언제부터 희미해지기 시작했을까.

갈색의 통통한 키세스 모양 같은 과일은 어떤 호감을 미처 품어보기도 전에 시장에서 자취를 감춘다. 한 계절을 두고두고 풍미하는 과일은 아니라 우리 곁에 머무는 찰나의 시간을 충분히 누려야 한다. 아담과 이브의 선악과는 사과가 아닌 무화과라는 설說도 있고, 동양에서 싯다르타가 보리수나무 아래서 열반의 경지에 올랐을 때 그 나무는 우리가 연상하는 보리수가 아닌 무화과목의 나무라고 한다. 이토록 오랜 역사 속 인류와 함께한 과일이지만 내 지인 중에는 무화과를 유별나게 좋아하는 사람이 없다. 남쪽에서만 무화과가 자란다는 지역적 한계 때문인지 우사인 볼트보다 더 빠르게 시장에서 사라져버리는 탓인지는 모르겠다. 설마 맛이 별로여서는 아니겠지.

혼자의 디저트

늦게 배운 도둑질은 날 새는 줄 모른다 하고, 나는 그 말에 걸맞은 행동을 한다. 초가을은 겨우내 물리도록 먹었던 딸기처럼 무화과에 집중한다. 조금만 힘을 주어도 쉽게 물러져버리는 연약한 껍질을 달래듯 깨끗이 씻고 손으로도 가를 수 있을 만큼 부드러운 과육을 깔끔하게 칼로 자르면 무화과의 이름과 달리(無花果, 꽃이 없는 과일이라는 의미) 그 안에 숨겨 놓았던 꽃이 보인다. 열매 안에 꽃이 들어 있는, 아니 결국 내가 먹는 자체가 꽃이다. 중후하고 묵직한 단맛이 입안에서 향기롭게 머물다 가는 무화과 철이 끝나면 나는 알 수 없는 상실감을 느끼곤 했다. 그때부터는 두근거리면서 먹을 만한 과일은 없다. 딸기는 아주 긴 시간 동안 함께해 질려버리고 말 지경으로 먹으니 감정의 동요가 없는데, 무화과는 마치 인생의 가장 찬란한 순간은 무척 짧고 잠깐 반짝 빛날 뿐이란 걸 알려주듯 여운을 남기며 사라진다. 나는 여름이 청춘의 시기이고 가을이 중년, 겨울이 노년이라는 인생과 계절의 비교에서 무화과가 지금의 나와 가장 맞닿아 있는 과일 같았다. 나는 가을의 초입에 서 있다. 그래도 과일은 인간의 세월보다 낫다. 지혜로운 사람들이 제철에 먹는 게 전부인 줄 알았던 무화과를 말려서 먹기로 했다. 냉동시켜버리기로 한다. 사람의 세월도 그렇게 멈춤 버튼을 누를 수 있는 거라면 나는 어디쯤에서 멈추고 싶은 걸까. 말린 무화과를 발견한 뒤로 나는 무화과가 없는 계절의 아쉬움을 조금이나마 달랠 수 있었다.

혼자의 디저트

무화과는 수수한 갈색 트렌치코트 안에 화려한 색감의 드레스를 입은 배우처럼 반전 매력이 있기에 간단한 요깃거리를 만들어도 보람 있는 결과물을 보여준다. 시큼한 호밀빵 세이글 한 조각에 크림치즈를 바르고 무화과를 얇게 썰어 몇 개 올린다. 무화과는 다디단 과일이지만, 나는 이보다 꿀에 잘 어울리는 과일을 아직 찾지 못했다. 무화과 위로 꿀을 지그재그로 뿌린다. 디저트라기보다 당장 파티라도 열릴 듯 전채요리인 카나페에 가깝다. 석양빛 물든 가을 하늘과 묘하게 어울리는 무화과를 바라보다 문득 공기가 퍽 스산하니 곧 깊은 가을이 찾아올 것 같다. 이날은 식욕이 그저 그렇고 무언가 간단하게 먹고 싶은 날이다. 저녁 식사 대신 선택한 오후의 늦은 간식은 식사와 디저트의 중간이고, 여름과 가을 사이의 애매함과 완벽하게 어울린다. 어디에나 페어링pairing은 있기에 어정쩡한 모두가 제짝은 있다. 대기 중에 살짝 남은 열기를 식히는 레몬 띄운 탄산수 한 모금 뒤에 크림치즈, 무화과 그리고 꿀이 어우러진 디저트인 척하는 카나페를 한 입 베어 문다. 조용한 파티의 시작이다.

이토록
호사스러운 과자

어쩌면 너무 많은 앎이 삶을 괴로움에 이르게 하는지도 모른다. 프랑스 파티스리Patisserie나 벨기에 초콜릿 같은 걸 알지 못했다면 단것을 즐길 때 느끼는 마음 한쪽의 죄책감은 없었을 것이고, 멋진 디저트를 사기 위해 줄을 서는 수고는 하지 않았을 것이며 에끌레어, 휘낭시에, 갈레트브루통, 프랄린과 같은 생소한 이름에 반응하지 않았을 터이니. 애초에 접할 길이 없었더라면 갖지 못해 괴로워할 일도 맛보지 못해 안달 날 일도 없었을 텐데, 이를 어쩌나, 모두 알아버렸다.

내일 입을 옷에 어울리는 실크 스카프를 결정하고, 식사하며 읽을 책은 인문학적 소양을 한껏 높여줄 제목을 가졌다. 티타임과 함께할 티 푸드Tea Food를 사려고 이름난 브랜드 가게 앞에서 어슬렁거리기를 여러 번. 생활 곳곳에 움터 있는 나의 속물적인 취향은 미디어를 통해 얻은 잡지식의 산물이자 호기심이란 이름의 욕망에 이끌려 지갑이 얇아지고 나서야 얻은 경험의 결과다. 시류에 뒤처지면 안 된다는 불안감이 온갖 유행을 소비하게 했다. 이제야 없어도 괜찮다는 마음으로 살아가지만 어쩌면 그 민낯은 이미 모든 기준이 높아져버렸기에 '그걸 갖지 못한다면 대용품은 사고 싶지 않다'에 가까울지도. 혀가 고급 과자 맛을 알아버린 뒤로 슈퍼마켓에서 파는 과자는 애써 먹지 않으려 노력할 필요도 없었다. 최고를 추구하는 건 결과를 내기 어렵기 때문에 역설적으로 가끔 욕망을 완전히 내려놓는 데 도움이 된다. 그런 세계도 있구나 인정한 뒤 내가 편안함을 느끼는 삶의 수준을 찾아 만족하고 지내면 그뿐. 물론 그 이면에는 어설픈 흉내는 원치 않는 내가 있기도 하다. 그런데 장인이 만든 물건과 달리 고급 디저트의 세계는 크게 부담 없는 가격 수준으로 진입장벽이 매우 높진 않아서 단맛에 대한 금욕적이고 보수적인 태도를 고수해야지만 나를 지킬 수 있다. 그렇다 해도 한 입의 만족을 허락하는 혼자의 티타임에 관한 냉혹한 고찰.

1. 디저트는 어디까지나 맛을 위한 것. 배를 채우기 위함이 아니다.
2. 숙련된 기술을 가진 파티시에가 만든, 입을 호사시키는 티 푸드는 작은 크기로 한두 개. 적게 먹어야 여운이 오래 간다.

3. 티 푸드를 보았을 때 눈이 반달로 접힐 만큼 심미안을 만족시키면 완벽하다. 원래 디저트는 눈이 보는 예술을 담당하고 있다.

4. 멋진 파티스리일수록 포장지에 세상의 온갖 아름다움을 담는다. 여러 개를 사면 담아주는 포장 상자의 유혹을 이겨내기 위해 집에 있는 가장 예쁜 접시를 떠올린다.

5. 당에 중독될 계획이 아니라면 티 푸드가 곁들여진 티타임에선 설탕 넣은 밀크티는 뺀다. 쓰거나 떫은맛이 나지만 풍부한 향이 나는 홍차가 달콤한 티 푸드와 어울려 최상의 맛을 느낄 수 있다는 점을 기억한다.

6. 차 두 모금에 티 푸드 작은 입으로 한 번. (무스나 크렘브륄레처럼 흐물거리는 타입이 아니라면) 포크를 쓰기보다 손에 가볍게 쥐고 먹으면 더욱 만족스럽다.

7. 진정한 차 애호가라면 단것을 먹기 위해 차를 마시지 않는다. 차 그 자체를 즐긴다.

디저트가 주는 기쁨에 빠져 있던 때, 외출 후 집에 돌아오는 길에는 그 동네에서 가장 맛있다는 유명한 디저트를 사서 손에 들고 있었다. 버터, 설탕, 밀가루, 초콜릿, 견과와 과일 등을 반죽해 구워 장식을 곁들인 과자는 지금 SNS에서 극찬인 유행하는 맛을 담고 있었지만, 건강 그리고 입안이 개운해지는 느낌과는 거리가 멀다. 푸성귀를 먹고 사는 중에도 여전히 부자들의 호사스러운 취향을 흉내 내며 허세를 부리는 스노비즘

snobbism(속물근성)적 태도로 보기엔 프랑스의 이름난 파티시에의 디저트가 아니라면 그다지 사치도 아닌지라 일상 어디에나 케이크, 마카롱, 파이가 즐비하다. 평범하고 흔한 보통의 디저트. 물론 호텔이나 유명 홍차 브랜드의 티룸에서 즐기는 화려한 애프터눈 티는 호화로움을 경험하기 좋다. 아래부터 샌드위치, 가운데 스콘, 가장 위로 마카롱이나 초콜릿이 놓여 있는 3단 트레이를 티와 함께 아래서부터 먹는다는 약간의 교양을 갖추기만 하면 누구나 즐겁게 참여할 수 있는 멋진 티 타임. 한 상 가득 차리는 음식 대접이 아닌 애매한 오후 시간대에 손님 환대와 모임을 위해 이보다 멋진 선택은 아직 만나보질 못했다.

오래전 애프터눈 티가 주말의 작은 행복이었을 때 집에 핑크빛으로 만개한 작약을 꽂아 두고, 2단 트레이 접시에 미니 사이즈 오이 치즈 샌드위치, 스콘, 마카롱을 담고 여러 티 중 하나를 골라 우린 다음 혼자서 느긋한 오후를 즐기기도 했다. 애프터눈 티는 노동으로 가득한 일상에 우아함을 더하는 가장 흥미진진한 시간이었고, 스트레스를 푸는 하나의 방법이었다. 노동자의 태도를 벗어두고 "주말이 뭐지?What is a weekend?"라고 물었던 BBC 드라마 〈다운튼 애비Downton Abbey〉에 나오는 영국 귀족처럼 지금의 근무시간 개념이 없던 때의 사람처럼 혹은 일하지 않아도 되는 자의 특권처럼 그런 시간을 보내며 잠시 현실과 다른 라이프스타일을 누려보았다. 누군가의 이상적인 삶에 매

료되어 그 사람의 라이프스타일을 관찰하며 조금씩 흉내 내곤 했던 수없이 많은 시간. 예전에는 그렇게 선망하는 대상을 따라 하는 모습이 부끄러운 일처럼 여겨졌지만, 지금은 타인을 모방하면서 나에게 맞는 방법을 배우는 과정일 뿐이었고, 결국 자신만의 생활을 디자인하는 하나의 기술이라 생각한다.

우리는 늘 지금 이 순간이 처음이고 자신이 정말 무엇을 원하는지 끊임없이 의심한다. "어떻게 알아요? 아무것도 안 해보고, 아무 데도 안 가봤는데. 자기가 어떤 사람인지 어렴풋하게나마 알 길이 없었는데?" 소설 〈미 비포 유Me Before You〉의 한 대사처럼 경험하지 않으면 지금 여기 주어진 게 전부라 믿을 만큼 세상이 좁아진다. 호기심 혹은 탐구심은 자신이 쉽게 접할 수 없는 세계, 안 해본 일일수록 더욱 커진다. 그렇게 사회 특권층의 라이프스타일이 주목받고 화젯거리가 되며 동경의 대상이 된다. 영국의 귀족과 상류층이 밤늦게 이뤄지는 화려한 만찬을 기다리는 동안 배고픔을 달래기 위해 생겨났다는 애프터눈 티 또한 상위 문화에서 출발했다. 속물처럼 애프터눈 티를 모방했을 뿐 늦은 밤 이뤄지는 그들의 만찬이 내 삶에 존재할 리 없다. 그저 이토록 눈이 즐겁고 귀한 느낌이 드는 작은 찻상을 소꿉놀이처럼 즐겼다. 호텔의 애프터눈 티 세트 메뉴를 주문해 어쩌다 한번 지인들과 기분 전환을 하고, 대부분 집에서 느긋한 오후 시간을 위해 적지 않은 예산을 들이는 혼자만의 놀이가 거듭되자 내게 딱 맞는 간소함이 생겨났다. 그렇게 잘 우려낸 홍차 한 잔과 마들렌 하나면 충분한, 어쩌다 한번 갖는 오후의 가벼운 휴식 시간이면 족하다. 대부분의 식사를 교과서적인 건강함으로 채워나가며 살아가는 중에도 과자가 선물로 들어오거나, 단것이 유독 먹고 싶다고 호르몬이 원할 때 좋은 재료로 정성껏 만든 과자 하나를 아끼며 천천히 먹는다. 작지만 화려했던 혼자만의 애프터눈 티, 그 귀족적인 우아함에 대한 망상 대신 은은한 단맛을 즐기며 한가로운 오후 시간의 따뜻한 볕을 쬔다.

담백한
차의 시간

혼자만의 휴식이 필요할 때 따뜻한 차를 마신다.

설탕이 든 음료를 마시지 않게 되면서 차가 가장 맛있는 일상 음료가 되었고, 그렇게 나는 차 애호가로 가는 입구에 서 있다. 차는 내게 단지 몸의 건강함이란 이득만 가져다주는 게 아니라 마음을 다스려 나를 평온함에 이르게 한다. 마음에 여유가 있어야 우아함으로 가득한 삶이라고. 아침에는 차를 우려서 창가 근처 소파 가장자리에 앉아 시간을 보낸다. 이른 아침에 들이마시는 공기에 마음이 편안해지고, 눈은 단순하게 세상을 바라보며 점점 맑아진다. 차를 마실 때만 달싹이는 입은 내게 침묵을 가르친다. 차의 시간은 이토록 짧은 일생에 헛된 욕심을 부리고 있다면 이 욕심이 나를 해치고 있는 건 아닌지 살펴보라 하고, 가치관이 다른 여러 사람과 어울려 지내다 입은 마음의 생채기를 어떻게 핥아주면 좋을지 고민하며 나를 다독인다. 그렇게 사찰의 스님들이 마음의 번뇌를 없애기 위해 차를 마시며 참선에 힘쓴다는 점도, 차는 마음의 수양을 뜻한다는 의미 또한 어렴풋이 이해하게 된다.

차를 마시며 내가 깊어지는 시간을 갖다 보면 자연스레 다도에 관심이 간다. 브랜드에서 개최하는 티 클래스 한 번, 교토에서 다도 클래스 한 번. 내가 체험 수업으로 익힌 경험은 미비했고, 손님을 초대해 다도를 지키며 대접할 일도 실상 없다. 일상과 동떨어진 의식을 익히길 바라는 건 지금 시대에 굳이 필요치 않은 삶의 기술일지도 모른다. 그런데 다도에 관심이 가는 건 차를 우려내는 그 모든 시간 속에서 내가 아닌 귀한 손님을 중심으로 두고 생각한다는 점이 끌렸다. 나보다 타인을 우선 생각하고 배려하는 마음을 나는 그동안 얼마나 가꾸고 살았던가. 상대가 나를 어떻게 생각할까에 방점을 찍은 피상적인 행동만 했을 뿐. 이토록 자기중심적 사고로 고통받는 나를 구하는 데 차와 함께하는 마음 수양이 도움이 될 거 같다. 나는 분명 내게 가장 중요한 사람이고 유일무이한 존재이지만, 나에게 매몰되어 살아가는 동안 정작 나 자신은 없었다. 그건 남보다 나은 나, 경쟁에서 이기는 나에 대한 집착 때문이다. 정작 남보다 잘된 혹은 남들에게 인정받는 내가 되기 위해 무지몽매했던 순간에는 내 입에 넣는 밥 한 끼 신경 쓰며 살지 못했을 만큼 자신을 돌보는 일에 소홀했다. 그런 소모적인 태도는 나의 몸과 마음에 아무런 도움이 되지 않는다. 나 아닌 모두를 선의 혹은 악의를 갖고 경쟁상대로 바라보며 살아가는 건 전혀 흥미롭지 않다. 그저 앞서 길을 걷는 사람이 가방에 걸쳐둔 옷을 떨어트리면 온 힘을 다해 그 사람을 부르고 옷을 되찾아 주는 타인에 대한 소소한 관심과 아무런 대가를 바라지 않는 선함을 기억하며 살고 싶다.

때로 사람들이 내뱉는 말 속에서 뾰족한 구석을 발견한다. "내게 불행한 일이 일어나서 속으로 다행이라고 생각하는 거 아니에요? 상대적으로 나는 더 낫구나 하면서……." 이런 말을 들었을 때, 불행에 빠진 타인을 보고 위안을 얻는 사람이 가진 빈곤한 마음에 대해 생각했다. 그리고 그런 말을 내뱉을 수 있는 그의 비틀린 사고방식이 내게 마음의 찌꺼기를 남긴다. 아마 나 또한 남과 나를 비교하는 게 숨 쉬듯 자연스러워 그런 마음을 가져봤기에 생각해볼 만한 문제였다. 은연중에 저 사람보다 내가 더 낫다며 멸시하는 태도를 가진 사람이 과연 행복하고 절대적으로 우월한 건가. 그럴 리 없다. 자신을 순위 매기기 경쟁에 구속해놓았다는 증거일 뿐. 마음의 찌꺼기를 청소하기 위해 여러 면에서 복잡한 생각을 할 때 차는 마음을 다스려주는 좋은 친구다. 자신의 견해를 대변하고, 논쟁에서 승기를 잡아 어떤 형태로든 이익을 얻고자 여러 근거를 가져다 자신의 말에 힘을 실어 나를 설득하는 대신 그저 내 마음을 한없이 들여다볼 수 있도록 돕고 내 나름의 마음 정리를 할 수 있도록 해준다. 그렇게 혼자만의 생각에 생각을 잇다 보면 언제나 결론은 간단하다. 나를 중심에 두고 각자의 존재를 인정할 뿐 부러움도 낮춰 보는 마음도 갖지 말라고. 그런 마음이 결국 나를 구한다고 내게 말한다. 사실 언제나 답은 마음속에 이미 있는데, 의심하는 계기가 생겨나면 묵혀 두었던 답에 문제가 없는지 수정할 부분이 있는지 꺼내 본다. 그렇게 앞으로 살아갈 태도를 점검한다.

아집 있는 사람이 겸손을 배워나가고 세상의 중심에 나를 두지 않은 채 어제보다 더 나은 마음가짐으로 살아갈 수 있도록 나를 돌보는 방법은 혼자 마시는 차의 시간에 있다. 화려하지 않은 향과 담백한 맛도 씁쓸하고 풍성한 향이 미소 짓게 하는 차도 모두 괜찮다. 물을 끓이고 티백이나 잎 차를 거름망에 두고 뜨거운 물을 부어 차가 우러날 때까지 기다리는 모든 과정을 거치며 나는 마음이 맑아짐을 느낀다. 모난 구석을 매끄럽게 다듬어가는 시간이 거듭될수록 혼자 잘 살기 위한 의식이 아닌, 더 따뜻하게 세상에 무해하게 존재하고 싶은 자신을 만들어가는 순간임을 안다. 나의 마음을 가볍게 비우고, 세상을 바라보는 관점을 조금씩 바꿔나가는 동안 나의 가치관은 한창 경쟁에 빠져 있을 때와 달리 점점 변해간다. 그동안 탐욕스러운 마음에 기대어 남보다 더 잘난 나를 만들기 위해 모든 걸 쏟았던 게 아닐까. 아니면 과도한 경쟁 사회에서 그저 생존하기 위한 몸부림이었을까. 프랑스 정치철학자 몽테스키외는 우리는 그저 행복해지려면 쉽게 행복해질 수 있지만, 언제나 남보다 더 행복하려 하기 때문에 어렵다고 했다. 남들이 실제보다 더 행복하다 믿기 때문이라고. 어느새 차 한 잔을 비웠다. 찻잔을 조심스레 내려놓으며 "너는 나보다 낫잖아." 이런 말을 듣지도 하지도 않는 세상, 각자 주어진 몫에 만족하며 타인에 대해 부러움도 멸시도 없는 세상을 문득 꿈꿔본다.

혼자의 디저트

'집밥이 건강한 줄 누가 모르나, 일하고 들어오면 지치고 귀찮으니까 챙겨 먹기 어려운 거지.'

이런 생각을 하는 건 비단 과거의 나뿐만은 아닐 거다. 누군가 매일 밥을 해주었으면, 나 대신 내 입맛에 맞는 메뉴로 요리해 밥상을 차려주고 설거지를 하고 부엌 청소까지 말끔하게 해준다면 얼마나 좋을까. 혼자 사는 사람에게 우렁각시와 같은 환상의 동물은 멀고 외식은 가깝다. 그렇지만 우리는 앞으로 건강하게 되도록 오래 살고 싶고, 그만큼 오랫동안 잘 먹고 살 기술을 가지고 있어야 한다. 말 그대로 밥상 메뉴를 잘 고르고 요리하는 일상. 시간이 없어서 못 챙긴다고 말하지 않고 일부러 시간을 내서 건강한 식사를 준비한다. 요리 말고 하고 싶은 게 많은 사람도, 요리에 소질이 없는 사람도 있겠지만 그렇다 해도 식사에 무관심한 태도로 살아가지 않기를.

나이가 들수록 자극적인 음식보다는 몸에 편안한 음식을 자연스레 찾게 된다. 냉동피자를 데워 먹는 방식으로는 쉽게 떨어지는 체력을 회복하기도 어렵고, 조금씩 건강 적신호를 보내오는 몸에게도 미안한 일이어서다. 좋은 식사에 관심이 많고 끼니를 잘 챙겨 생긴 온갖 이점을 경험했음에도 불구하고 나도 사람인지라, 그것도 타고나길 게으른 사람이라 정말 피곤한 날에는 밥 차리기 귀찮아서 대충 먹고 말지 할 때가 있다. 그때마다 무너지지 않기 위해 내가 정한 몇 가지 기본을 곱씹는다.

1. 사 먹을까 고민될 때 그냥 쌀을 씻자.
   – 집밥 일관성이 생기면 외식 욕구가 점점 희미해진다.
2. 외식은 친구를 만날 때, 혼자서는 집밥.
   – 식당에서 혼밥이 싫어서가 아니라 집밥이 좋아서다.
3. 포장, 배달 음식을 기다리는 시간보다 만드는 편이 빠르다.
   – 뒷정리는 포장 음식을 먹고 나서도 해야 하는 법.
4. 간단한 요리법을 한 달에 2~3가지는 배운다.
   – 일 년이면 최소 24가지의 요리를 할 수 있는 사람이 된다.
5. 부엌을 명상과 자기 수행의 공간으로 삼는다.
   – 채소를 다듬는 단순 노동이 머리를 맑게 해준다.

6. 집밥은 건강과 돈을 저금하는 방법이다.
   － 돈을 모으고 싶은 현명한 절약가는 외식 비중을 줄여도 결코
   싸구려 음식은 먹지 않는다.
7. 자신만의 식사법을 지킨다.
   － 가끔 어긴다 해도 규칙이 있으면 흔들릴 때마다 균형을 잡을
   수 있도록 해준다.

살아가는 건 알 수 없는 미지의 길을 만들어 걷는 여정. 어디가 끝인지 감조차 잡히지 않는 무엇이 불쑥 튀어나올지 모르는 세계다. 하지만 삶은 공포영화가 아니고, 그냥 생활. 간단하고 건강한 집밥 일상은 내게 살아간다는 의미 자체를 일깨워준 몹시 소중한 변화다. 추사 김정희 '대팽고회大烹高會' 서예 작품을 보기 위해 간송미술관 〈대한콜랙숀〉 전시를 찾았을 때, 가장 맛있는 음식은 두부, 오이, 나물과 같은 소박한 찬이고, 최고의 모임은 부부와 아들딸과 손자가 모이는 것임을 뜻하는 글씨를 마주하며 깨달은 바와 닮았다. 말년의 추사 선생이 적어낸 인생관은 보통의 일상이 주는 행복이다. 무탈하고 다복한 일상을 만들기 위해 얼마나 많은 노력과 운이 따라줘야 하는지 알기에 글씨의 예술적 가치는 둘째로 치더라도 한 분야의 대가가 남긴 메시지에서 어쩌면 우리에게 가장 어려운 일은 평범하게만 보이는 일상을 지키는 일임을 알게 된다.

조용히 살아가고 싶다. 어제, 오늘, 내일이 모두 같은 지루할 정도로 평온한 나날이면 좋겠는데, 살아가기 위해 끊임없이 나를 증명해야 하는 피로함 속에서 때때로 무척 고되다. 쉽게 불안해하고 낙관하다가 그만 그 일이 닥치기도 전에 포기해버릴 때. 그러나 무엇을 하든 몸을 계속 움직이는 것 말고는 할 수 없기에 집에서 평범한 일상식 한 끼를 챙기고 나면 그래도 내일은 내일의 태양이 뜬다는, 소설 『바람과 함께 사라지다』의 스칼렛 오하라적인 희망이 있음에 감사한다.

이 책을 쓰며 나는 가족, 특히 엄마를 많이 떠올렸다. 자라면서 가장 많이 먹은 밥은 엄마가 해준 밥이다. 나의 입맛의 기본은 엄마의 맛이 만들었다. 어류와 채소 편식, 탄수화물 편향은 개인이 자라온 역사와 둘러싼 환경 탓이다. 어른이 되어 사회에서 폭 넓게 알게 된 새로운 맛도 있다. 그렇게 다양한 맛이 쌓인 뒤에야 내게 맞는 밥상을 차린다.

어느 날 언니와 나는 "내가 한 밥이 제일 맛있는 거 같아." 라는 말에 각자 동의했다. 물론 우리 둘 다 대단한 실력을 갖추고 있는 건 아니다. 요리를 잘하고 못하고를 떠나 집밥 해먹는 사람의 공통점은 직접 만든 음식에 대한 자부심이다. 남들이 인정하지 않더라도 내 입맛엔 잘 맞는 그런 맛. 내 손으로 내 입맛에 맞게 한 요리가 세상에서 가장 맛있음을 아는 사람, 갓 알게 된 사람, 앞으로 알아갈 사람 모두에게 오늘도 자신이 만든 집밥을 맛보는 기쁨이 함께하면 좋겠다.

따뜻한 나의 부엌에서,

신미경